Tom Stolz

Das kleine Drachenbuch der Liebe

—

*eine heitere, herrlich finstere Geschichte
aus dem spannenden Leben von
Fridolin von Pfefferkorn und Lilly von Funkelstein*

Ein Tropfen Liebe ist mehr als ein Ozean Verstand.

Blaise Pascal

Vorwort *Es ist Dir tatsächlich gelungen, dem Trubel des Alltags ein Schnippchen zu schlagen. Zunächst wirst Du genüsslich die Schuhe ausziehen, denn bei unserer Reise in das Reich der Drachen benötigen wir keine Schuhe. Wir werden fliegen. Völlig entspannt sitzt Du nun in deinem Lieblingssessel und aus der Ferne ertönt leise, sehr angenehme Musik. Neben Dir steht dein Lieblingsgetränk und natürlich etwas Leckeres zum Naschen. Du hast es Dir verdient!*

Gemütlich lehnst Du dich zurück und schließt deine Augen, atmest tief durch und spürst, wie langsam Ruhe einkehrt. Behutsam öffnest du nun langsam deine Augen und nimmst neugierig „Das kleine Drachenbuch der Liebe" zur Hand. Bereit zu staunen, zu lächeln und zu träumen! Viel Spaß beim Lesen wünscht

Tom Stolz

INHALTSVERZEICHNIS

AM ANFANG

*D*ieses Büchlein erzählt eine wunderbare Geschichte aus dem spannenden Leben von Fridolin von Pfefferkorn und Lilly von Funkelstein. Eine Geschichte voller Liebe und Leidenschaft, aber auch voller Verzweiflung und Hoffnung.

Da Lilly einen grün funkelnden Smaragdring trug, wurde sie „Lilly von Funkelstein" genannt. Auf diesen edlen Ring war sie ganz besonders stolz, denn Fridolin hatte ihn ihr als Zeichen ewiger Liebe geschenkt.

Fridolin naschte gerne scharfe Pfefferkörner, was ihm den Namen „Pfefferkorn" bescherte. Sie brannten höllisch gut und versetzten ihn in die Lage, bei jeder passenden und unpassenden Gelegenheit, Feuer zu spucken. Für einen männlichen Drachen ein echtes Statussymbol, für seine Artgenossen nicht selten eine wahre Prüfung.

Die Drachen pflegten einen liebevollen Umgang und halfen sich gegenseitig in allen Lebenslagen, denn sie lebten nach dem Drachenbuch der Liebe, ein uraltes, zerfleddertes und sehr geheimnisvolles Buch, in dem die goldenen Regeln für ewige Liebe und Glück niedergeschrieben waren. Der Schlüssel für ein erfülltes Leben, ein wahrhaftiger Schatz! Nach dem Buch war es ihnen streng untersagt, mit ihren Kräften Gewalt auszuüben, die Regeln zu ihrem persönlichen Vorteil zu missbrauchen, oder gar zu töten. Sollte es dennoch geschehen, wäre das Ende der Liebe die unausweichliche Folge gewesen. Aus Sicht der Drachen ein unvorstellbarer Gedanke.

Jedoch ganz im Verborgenen lenkte das mächtige Universum wohlwollend die Geschicke der Drachen, waren sie doch die letzte Hoffnung auf eine bessere Welt.

Lilly und Fridolin hatten schon früh ihre Liebe füreinander entdeckt, und das, obwohl Lillys Eltern damals ein ganz besonders scharfes Auge auf ihre bildhübsche Tochter hatten. Am Tag ihrer ersten Begegnung war es ihr eigentlich nur erlaubt, ihre ältere Freundin Jurassica zu besuchen, doch dort angekommen, sollte der Tag einen sehr aufregenden Verlauf nehmen. Ihre Freundin hatte sich bereits von oben bis unten in Pink gekleidet und kramte gerade nervös in ihrem glitzernden Handtäschchen herum. Unter den frühpubertierenden Drachengirls wurde schon seit Wochen eifrig getuschelt, was Lilly in ihrer naiven Art bisher völlig entging, und so war es höchste Zeit, dass Jurassica sie endlich aufklärte. „Ich gehe zum Wettbewerb der Feuerspucker, und du kommst mit," sagte sie so ganz nebenbei. Sofort schossen Lilly tausend Gedanken durch den Kopf. Einerseits war sie weder altersgerecht gestylt, ihre Eltern würden es nie erlauben, andererseits spürte sie ein deutliches Verlangen, endlich einmal der allgegenwärtigen Obhut ihrer Eltern zu entfliehen und etwas Verbotenes zu tun. Jurassica ließ sie erst gar nicht zu Wort kommen. „Dort gibt es junge, wilde Feuerspucker zu sehen, die nicht nur Feuerspucken, sondern auch heiß und sinnlich küssen," hauchte sie ihr ins Ohr. Lilly zuckte zusammen und dachte an ihre geheimen Träume, für die sie sich eigentlich schämen sollte und auch mit niemand darüber reden konnte. Küssen hatte sie schon an ihrer Drachenpuppe probiert, doch die Küsse in ihren Träumen ließen deutlich mehr erahnen. Ehe sie sich versah, fand sie sich umringt von kreischenden Drachengirls auf dem Zuschauerfelsen wieder und feuerte die athletischen Helden der feurigen Künste an. Jurassica benutzte vulgäre Wörter, die Lilly noch nie gehört hatte und als ihr Favorit, Knuth von Feuerbrunst, an der Reihe war, streifte sie ungeniert ein Kleidungsstück ab und warf es schmachtend ihrem Favoriten entgegen. Knuth reagierte blitzschnell und äscherte es, mit einem gezielten Feuerstrahl, im Flug ein. Die Girls waren gerade zu hingerissen und quittierten seine Meisterleistung mit einem hysterischen Kreischen. Jurassica schürzte schon ihre Lippen, doch als es um das Feuerweitspucken ging, kam es bei Knuth zu einer fatalen Fehlzündung, bei der er sich gehörig die Lippen verbrannte, was ihn für das Küssen leider klar disqualifizierte. Jurassica saß unterkühlt auf dem Felsen und war von ihrem Favoriten bitter enttäuscht.

Nun folgten einige halbstarke Möchtegernfeuerspucker, die es in Wirklichkeit nur auf die Drachengirls abgesehen hatten. Nachdem sie beim Feuerspucken noch nicht einmal eine Sparflamme hervorbrachten, wurden sie von den enttäuschten Girls gründlich ausgebuht. Doch nun lenkte ein kleiner, athletischer Drache die ganze Aufmerksamkeit auf sich. Die Zuschauer beobachteten angespannt, wie er sich oben auf dem Felsplateau mit ausgebreiteten Flügeln gegen den rauhen Wind stemmte und dabei geradezu spielerisch immer wieder seine Position stabilisierte. Die Girls hatten Knuth von Feuerbrunst sowie die halbstarken Möchtegernfeuerspucker augenblicklich vergessen und feuerten den Anfänger mit ermutigenden Worten an. Als er sich langsam in Richtung Abgrund in Bewegung setzte, stiegen Lilly, die sich an der frustrierten Jurassica festklammerte, vor Angst die Tränen in die Augen. Plötzlich erhöhte er sein Tempo und sprintete leichtfüßig dem Abgrund entgegen. Mit einem großen Satz stürzte er sich todesmutig von der Felskante, schoss mit dem Aufwind, wie ein Pfeil dem Himmel entgegen, vollführte hoch oben atemberaubende Flugmanöver und leitete dann den Sturzflug ein. Er war so schnell unterwegs, dass die Zuschauer ihn aus den Augen verloren, doch plötzlich brauste ein Schatten von hinten direkt über ihre Köpfe hinweg und ruinierte in einer Sekunde so manch aufwendig gestylte Frisur. Umhüllt von einer Wolke aus aufgewirbeltem Sand, hörte man das Quietschen seiner Fußbremsen. Als sich der Sand gelegt hatte, sah man einen lustigen Drachen mit verschmitztem Gesicht in hohem Bogen feuerrote Pfefferkörner einwerfen. Lilly entdeckte kleine Flämmchen in Herzform, die magentarot aus seinem Mund züngelten. Plötzlich schoss ein greller, gebündelter Feuerstrahl direkt durch den zehn Meter entfernten Zielring aus geflochtener Weide, der darauf hin sofort in Flammen aufging. Die kreischenden Girls sprangen auf, eilten hinunter und umringten den stolzen Sieger. Lilly, die sich immer noch an Jurassica festhielt, fand sich im Kreis wieder, traute sich jedoch nicht, den Drachen anzuschauen. Der Regel nach, durfte der Sieger ein Drachengirl auswählen und küssen. Der kleine Drache, der auf den Namen Fridolin hörte, blickte ein wenig hilflos auf viele rot lackierte, hungrige Lippen, bis seine warmen Augen die hübsche Lilly entdeckten, die genau in diesem Moment einen scheuen Blick wagte. Zielstrebig machte er einen kleinen Satz zu ihr und statt zu küssen drücke er sie, so fest er konnte und schaute ihr dabei liebevoll in ihre wunderschönen Augen. Mit rasendem Herzen und weichen Knien, spürte sie zum ersten Mal die überwältigende Macht der Liebe und wünschte sich, er würde sie nie wieder loslassen. Zur allgemeinen Enttäuschung der neugierigen Drachengirls gab es keinen Kuss, statt dessen löste er seine Umarmung, nahm ihre zarte Hand, bedankte sich bei seinen Fans und entschwand mit Lilly, als wären sie schon immer ein Paar gewesen wären. Weit entfernt vom Trubel des Wettbewerbs, fanden sie sich eng umschlungen im weichen Moos wieder. Ihr erster Kuss entflammte das Feuer einer großen Liebe, die nie zu Ende gehen sollte.

*J*nzwischen waren schon viele Jahre ins Land gegangen. Lilly und Fridolin waren stolz auf ihre erste gemeinsame Höhle und lebten in Glück und Zufriedenheit. Bei Vollmond veranstalteten die beiden unter der schiefen Eiche gut besuchte Leseabende. Viele Artgenossen nahmen hierfür eine lange Anreise in Kauf, denn für ein erfülltes Leben in Liebe und Glück, war den gelehrigen Drachen kein Weg zu weit und so gelang es ihnen, die Botschaften aus dem geheimnisvollen Buch weit zu verbreiten. Lilly wurde die Aufgabe zuteil, vorzulesen, während Fridolin mit seinem Drachenfeuer für gute Beleuchtung sorgte.

Auf weichem Moos lagen sich die Drachen dann in den Armen, und lauschten verzaubert Lillys Worten. Immer wieder nickten sie dabei zustimmend, obgleich ihnen bewusst war, dass sie sich nicht immer an die Regeln gehalten hatten, doch das „Buch der Liebe" gab ihnen, auf wunderbare Weise Halt, Orientierung und die Kraft, an sich immer wieder zu arbeiten. Als Lilly geendet hatte, legte sie das geheimnisvolle Buch behutsam auf ihren Schoß nieder, blickte liebevoll zu Fridolin und sprach mir sanfter Stimme: „Drachenfeuer voller Kraft, gibt der Liebe neue Macht." Fridolin erhob sich, verbeugte sich knapp und warf gekonnt eine große Ladung Pfefferkörner ein. Dabei herrschte angespannte Stille. Erwartungsvoll blickten alle Zuhörer auf den stattlichen Feuerdrachen, doch alles, was man sehen konnte, war eine kleine Flamme, die gelangweilt aus Fridolins Mundwinkel züngelte. Er ließ sich nicht aus der Ruhe bringen, schaute gelassen in die Runde und dachte bei sich: „Was für eine imposante Mischung?" Da gab es rote Feuerlöschdrachen, grüne Polizeidrachen, schwarze Baudrachen, ärmlich aber korrekt gekleidete Drachen-hausierer, Haushaltsdrachen mit weißen Staubschutz-häubchen auf dem Kopf, Sanitätsdrachen mit roten Kreuzen auf der Stirn, weiße Polardrachen mit Frost-beulen, afrikanische Buschdrachen mit goldenen Nasen-ringen und sogar chinesische Wanderdrachen mit quer geschlitzten Augen und gelber Haut, um nur einige zu nennen. Routinemäßig fuhr er nun mit beiden Händen über sein Gesicht und entdeckte dabei doch tatsächlich ein Haar, was sich erdreistete, aus seinem Nasenloch zu sprießen. Das bedeutete erhöhtes Risiko beim Feuerspu-cken durch Nasenbrand, und so entwurzelte er es, ohne auch nur einmal mit der Wimper zu zucken. Doch nun wurden die Drachen langsam unruhig. Schon wurde ge-tuschelt: „Wird er es auch dieses Mal schaffen?" Fridolin mahnte seine Gäste zur Ruhe und atmete tief ein. Dabei verwandelten sich seine Nasenflügel in zwei pilzförmige Ansaugtrichter, seine trainierten Lungen weiteten sich bedrohlich, während seine Gesichtsfarbe augenblicklich von drachengrün in feuerrot wechselte. Plötzlich ertön-te ein grollender Donnerschlag, der die Erde erzittern ließ. Kaum war der Donner verhallt, brach ein gewaltiger Feuerstoß aus ihm heraus und machte die Nacht für wenige Sekunden zum Tag. Schützend hielten sich die Drachen ihre Hände vor die Augen und spürten, wie sich wohlige Wärme den Weg zu ihren Herzen bahnte. Anfänglich fühlte es sich wie bei einer liebevollen Umarmung an, doch dann steigerte sich ihr Empfinden, bis die Herzen geradezu vor Liebe glühten. Einige besonders Neugierige trauten sich zwischen ihren Fingern hindurch zublinzeln und konnten sehen, wie Fridolin sein Feuer nun wieder auf Sparflamme reduzierte. Ein angenehm warmer Luftzug streifte sogleich über ihre verzückten Gesichter, und dem versierten Feuerspucker huschte ein verschmitztes Lächeln über seine rußgeschwärzten Lippen, war es ihm doch wieder einmal gelungen, ein grandioses Drachenfeuer zu entzünden. Während er sich stolz und auch ein wenig erleichtert auf einem Baumstumpf niederließ, gingen Dutzende von angekohlten Eichenblättern auf ihn nieder. Eine kleine, ungewollte Nebenwirkung, die er lässig ignorierte.

Nun richteten alle erwartungsvoll ihren Blick auf die hübsche Lilly von Funkelstein. Ehrfürchtig nahm sie das „Buch der Liebe" zur Hand und sprach mit zarter Stimme die Liebesformel: „Dragomagurum, Turumangura, Dragoamorr!" Augenblicklich richteten sich alle Augen zum Himmel, doch nichts war zu sehen. Daraufhin wiederholte sie die Liebesformel noch einmal etwas lauter: „Dragomagurum, Turumangura, Dragoamorr !!" Und wieder schauten alle zum Himmel, doch es tat sich rein gar nichts. Dann richtete sich Lilly auf, gab Fridolin das Buch, stemmte die Hände energisch in ihre wohlgeformten Hüften, blickte entschlossen nach oben und schmetterte voller Inbrunst ein letztes Mal die Worte: „Dragomagurum, Turumangura, Dragoamorr!!!"

Kaum hatte die geheimnisvolle Formel ihre Lippen verlassen, kam die Antwort in aller Deutlichkeit. Das Universum schickte tausende, rotglühender Herzen, die im Wettlauf mit blitzenden Sternen, in atemberaubender Geschwindigkeit, den Mond umkreisten.

Die Liebeformel aus dem „Buch der Liebe" und Fridolins gewaltiges Drachenfeuer hatten das heiß ersehnte Feuerwerk der Liebe entfacht. Der gute, alte Mond ließ sich, von dem Spektakel um ihn herum, nicht aus der Ruhe bringen und blickte wohlwollend zu den Drachen hinunter. Schnell bildeten sie, Hand in Hand, einen großen Kreis und nahmen Fridolin und Lilly in die Mitte. Lilly schlug ehrfürchtig das Buch auf und stimmte, aus voller Kehle, das Drachenlied der Liebe an. Als alle mit einstimmten, zeigte sich die obere Macht von einer ihrer besten Seiten und schickte, als kleine Zugabe, einen herrlich riechenden Blütenduft zur Erde. Zufrieden deutete das Universum diese Nacht als einen Hoffnungsschimmer auf eine bessere Welt.

Ganz unauffällig verabredeten sich Lilly und Fridolin, mit Hilfe ihrer selbst erfundenen, geheimen Zeichensprache, zu einer sinnlichen Begegnung, doch zunächst war Feiern angesagt. Zum Dank hatten die weitgereisten Gäste beste Getränke und Speisen mitgebracht. In geselliger Runde wurde nicht nur getrunken und gegessen, sondern auch geherzt, gelacht und gescherzt. Fridolin wusste immer die neusten Menschenwitze, die er so herrlich komisch erzählen konnte. Es war einfach zum Feuerspucken, wie er es schaffte, die seltsamen Menschenwesen zu imitieren.

Plötzlich ertönte die glockenhelle Stimme einer üppigen Drachenblondine, im bauchfreien Oberteil: „Zeit für die Mondscheinserenade." Fridolin hatte es vor lauter Vorfreude auf Lilly völlig vergessen und holte hinter der schiefen Eiche schnell ein großes, unförmiges Gebilde hervor. Sie nannten es Dragofon, ein wahres Meisterwerk aus großen Blechtrichtern, mit tausend gewundenen Röhrchen, Klappen und Hebeln, kunstvoll verziert mit Perlmutt, und am oberen Ende mit einem goldenen Mundstück, in Form eines Drachenkopfes. Seitlich konnte man noch ein kleines, zweites Mundstück erkennen, denn es konnte gleichzeitig von zwei Drachen gespielt werden. Die Gäste machten es sich noch einmal im Moos bequem, während Lilly ihren angestammten Platz in Höhe des zweiten Mundstückes einnahm. Nun sahen alle die hübsche Drachenfrau entrückt mit den Fingern schnippen: „ Eins, zwei, eins, zwei, drei, vier und schon entlockten die beiden dem Dragofon eine zauberhafte Serenade, die alle Herzen verzauberte. Glücklich und entspannt lagen sie da, lauschten den sanften Klängen, die in ihren Herzen noch lange nachhallen sollten.

Spät in der Nacht, als alle Gäste gegangen waren, hatten sie endlich Zeit füreinander. Lilly musste fest ihre Augen zuhalten, und er überraschte sie mit einem Meer von tausend Kerzen. Natürlich hatte sie ein wenig durch ihre kleinen zarten Hände geblinzelt und konnte es kaum erwarten bis alle brannten, was für einen versierten Feuerspucker wie Fridolin eine Sache von nur wenigen Sekunden war. Galant servierte er seinen rassigen, tiefroten Drachenburgunder, einen anmutenden, sehr edlen Tropfen, der am Fuße seines Felsens reifte. Eng umschlungen tanzen die beiden auf leisen Sohlen zu einem samtigen Drachenblues. Sie bewegten sich verzückt im Rhythmus der Musik und verwandelten die weiß getünchten Höhlenwände in eine fantastische Welt aus Licht und Schatten. Nur der verschwiegene Mond blickte gerührt durch das Höhlenfenster und begleitete die Zwei auf einer zauberhaften Reise durch eine Welt aus Liebe und Leidenschaft.

Pfefferkörnchen, wie sie ihn liebevoll nannte, hatte wirklich alles, was einen echten Drachenmann so ausmachte, denn er war im wahrsten Sinne des Wortes ein feuriger Liebhaber, und allein, wenn er Lilly mit seinen liebevollen Händchen berührte, schmolz sie dahin, wie damals die mächtigen Gletscher am Ende der Eiszeit. Besonders mochte sie es, wenn er an ihren spitzen Öhrchen knabberte. Sie musste dabei immer ein wenig kichern, doch wenn aus dem Knabbern leidenschaftliche Küsse wurden, spürte sie dieses angenehme, heftige Beben zwischen ihren wohlgeformten Hüften. Mit geschlossenen Augen gingen sie neugierig auf Entdeckungsreise, um sehr aufregende Ziele zu erkunden. Tief ineinander verschmolzen tanzten sie auf dem heißen Vulkan der Sinnlichkeit, umrahmt von leuchtenden Farben und bereit, im Strudel brodelnder Lava gemeinsam zu verglühen, erreichten sie eine Welt, ohne Zeit und Raum, versunken in unendliche Galaxien, fasziniert, berauscht und atemlos. Eng umschlungen verlangsamte sich dann das wilde Pochen ihrer Herzen zu harmonischem Einklang, und mit dem Gefühl der Leichtigkeit einer Feder versanken sie, Arm in Arm, in einen tiefen Schlaf. Am Morgen erwachte Lilly vom Duft von höchst aromatischem Kaffee. Es war ihr 999-zigster Geburtstag und Pfefferkörnchen brachte ihr viele liebevoll verpackte Geschenke an das stattliche Bett. Was für ein Leben ! Was für eine grenzenlose Liebe !

Natürlich wollten Sie viele Kinder haben, Lilly sah sich bereits das Kinderzimmer einrichten und Fridolin träumte davon, seinen süßen Drachenbabys das Fliegen und Feuerspucken beizubringen. Doch leider blieb ihnen der Kindersegen nicht vergönnt, denn selbst die besten Druiden aus aller Welt konnten mit ihren geheimnisvollen Zaubersprüchen nicht helfen.

So schwer es ihnen auch fiel, es blieb ihnen nur, sich damit abzufinden. Doch ganz im Verborgenen entwickelten sich unheilvolle Dinge, denn zum Schrecken der Drachen gewannen die Bösen Mächte, eine verschworene Vereinigung von bitterbösen Kobolden, immer mehr Einfluss. Argwöhnisch beobachteten sie die Verbreitung der Liebe und das alte, zerfledderte Buch war bereits in ihr Visier geraten. Sie stifteten Unfrieden, wo sie nur konnten, und bei einem mysteriösen Todesfall gerieten sie erstmalig in Verdacht, daran beteiligt zu sein. Die Drachen reagierten mit großer Bestürzung, war ihnen doch Gewalt völlig fremd. Der Rat der Drachen im fernen Dragotonien debattierte schon viel zu lange, statt wichtige Entscheidungen zu treffen. „Was musste denn noch alles geschehen, damit den Bösen Mächten endlich Einhalt geboten würde," fragten sich die Drachen im ganzen Land. Schon als niemand mehr an eine Reaktion aus Dragotonien glaubte, kam es völlig unerwartet zu einer Entscheidung. Fridolin von Pfefferkorn und Lilly von Funkelstein wurden vom Rat bestimmt, dieses Buch künftig streng zu hüten und, wenn es sein musste, gegen die Bösen Mächte gewaltlos zu verteidigen. Einerseits eine große Ehre für einen mächtigen Feuerdrachen wie Fridolin und seine Frau Lilly, andererseits keine ungefährliche Aufgabe.

AM DRACHENBADESEE...

An einem herrlichen Sommertag machten die beiden einen Ausflug zum Drachenbadesee. Lilly legte sich ins saftige Gras und genoss die wunderbare

Natur, während Fridolin zielstrebig zum steilen Ufer schritt und aus vollem Herzen das Lied der Feuerdrachen trällerte:

„Feuerdrachen, stolz und prächtig,
sind des Feuerspuckens mächtig.
Ob bei Tag oder auch bei Nacht,
das Feuer ist im Nu entfacht."

…

Endlich konnte er wieder so richtig seiner großen Leidenschaft frönen, doch es war das erste Mal, dass er seine Übungen im Wasser machen sollte und das hatte seinen Grund. Etwas kleinlaut musste er sich ein kleines Missgeschick eingestehen, welches vor einiger Zeit für große Aufregung im ganzen Drachenland sorgte. Im Pfefferrausch hatte er versehentlich mit seinem Feuer den Wald in Brand gesetzt. Glücklicherweise war Florian der Oberlöschdrache nicht weit, der routiniert mit Hilfe seines prall gefüllten Wasserbauches die Flammen regelrecht ausspuckte. „Wie gut einen wasserspuckenden Löschdrachen als Freund zu haben," dankte Friedolin Florian und klopfte ihm kumpelhaft auf den Rücken. Der verschluckte sich dabei so sehr, dass sein schlaff herunterhängender Wasserbauch einen nicht zu überhörenden Rülpser hervorbrachte. „Wenn schon, dann bitte Oberlöschdrache," bemerkte Florian in militärischen Befehlston, schlug die Beine zusammen, grüßte militärisch und endete mit einem weiteren Rülpser. „Wie gut, dass Lilly nicht zugegen ist, sie hat für unsere albernen Anwandlungen in letzter Zeit immer weniger Verständnis. Früher fand sie das immer ganz lustig und hat sogar mitgemacht," bemerkte Fridolin nachdenklich. Dann löschten sie erst einmal ihren Durst in der Drachenbar, rauchten ein paar Dragonia-Zigarren und erzählten sich die neusten Drachenblondinen-Witze.

Aus Sicht der beiden war der kleine Brand eine Bagatelle, hatten sie doch zu jeder Zeit die Lage im Griff, wie es sich für gestandene Drachenmänner gehört. Die Zwei waren sich sofort einig, diese Peinlichkeit lieber für sich zu behalten, doch in der Drachensiedlung machte dieser Vorfall schneller die Runde als Fridolin lieb war. Lilly fand diese spätpubertären Feuerspuckanwandlungen überhaupt nicht lustig, hätte es doch viel schlimmer ausgehen können. Die Sache hatte ernste Konsequenzen, so erlaubte sie ihm seine Übungen ab sofort nur noch im See. Fridolin schmollte zunächst, versprach aber, sich künftig daran zu halten. Doch besonders dann, wenn er zornig war, fiel es ihm schwer, sich an die Abmachung zu erinnern. "Ein echter Feuerdrache ist dazu berufen, immer und überall Feuer zu spucken," versuchte er ihr lautstark klarzumachen, doch Lilly war da ganz anderer Meinung, was nicht selten zu Spannungen führte.

Nun warf er gekonnt eine große Ladung Pfefferkörner ein, stürzte sich vergnügt in den See und tauchte erst einmal ab. Es war einfach herrlich anzusehen, mit welcher Hingabe Fridolin seiner Lieblingsbeschäftigung frönte, ja im Grunde seines Herzens war er immer ein Kind geblieben.

Plötzlich schoss er wie ein Pfeil an die Wasseroberfläche und, gefolgt von einem dumpfen Donnerschlag, jagte er eine gigantische gelbe Feuerfontäne in den Himmel. Eine wahrhaftige Meisterleistung. Wenn es ihm dabei zu heiß wurde, tauchte er einfach in die Tiefe, um seinen erhitzten Kopf zu kühlen, und das Wasser um ihn herum zischte und dampfte dann wie die heißen Quellen von Tururmangur. Die Badegäste erstarrten vor Ehrfurcht und warteten gebannt auf den nächsten Feuerstrahl. Doch auch wenn das Feuerspucken in ihrer Beziehung ein schwieriges Thema war, so war Lilly richtig stolz auf ihren feurigen Drachenmann.

Das Spektakel entging auch nicht der Menschenfrau Sueleh und ihren süßen Töchtern Rahleh und Rehleh. Sie wohnten in einem schönen Haus auf einem Hügel am See und hatten eine gute Sicht auf das feurige Treiben des Drachens. Jedes Mal, wenn er auftauchte, riefen sie voller Begeisterung „Feuer", und genau so geschah es. Die Mädchen hatten schon einmal scharfe Pfefferkörner in der Küche entdeckt und heimlich probiert. Leider war es nur bei einem Brennen im Hals geblieben. Schon allein deshalb schenkten sie ihm ihre ganze Bewunderung. So einen tollen Drachen mussten sie unbedingt kennenlernen und schon eilten sie zum Seeufer hinunter. Dort trafen sie auf Lilly, die sich gerade etwas langweilte. „Wenn Fridolin in seinem Element ist, findet er eben einfach kein Ende," stellte sie wieder einmal fest und zuckte mit ihren Achseln. Anderseits war sie beruhigt und froh, sich wieder einmal durchgesetzt zu haben, denn im Wasser war das Feuerspucken nicht so gefährlich wie an Land.

Da standen sie nun, die Mädchen, und es war Rehleh, die allen Mut zusammen nahm und mit piepsender Stimme sprach: „Ist das dein Drache, der so toll Feuer spucken kann?" Lilly, die sich über die willkommene Abwechslung freute, bat die beiden, näher zu kommen. „Setzt euch ein wenig zu mir ins Gras. Ich erzähle euch gerne etwas über Feuerdrachen," sprach sie liebevoll und im Nu hatten Rahleh und Rehleh alle Unsicherheit überwunden, saßen mit Lilly im Gras und löcherten sie mit tausend Fragen. Es dauerte nicht lange, da gesellte sich auch Sueleh dazu. „Ach da seid ihr ja, ich würde auch gerne mehr über Feuerdrachen erfahren," sprach sie und stellte sich Lilly vor. Im Gegensatz zu einer Drachenfrau wirkte sie recht zierlich. Lilly beneidete Sueleh gleich um ihre langen lockigen Haare, die kastanienrot in der Sonne leuchteten. „Drachenfrauen tragen die Haare eben kürzer, doch dafür habe ich große, schöne leuchtende Augen," tröstete sie sich. Dann ärgerte sie sich ein wenig über ihre Gedanken, denn schon oft hatte sie sich dabei ertappt, wie sie sich heimlich mit anderen Frauen verglichen hatte. „Habe ich das wirklich nötig?" Während Lilly erzählte und versuchte alle Fragen zu beantworten, vergaßen sie die Zeit, doch plötzlich verstummte die Menschenfamilie. Fridolin von Pfefferkorn nahte. Was für ein Anblick? „So sieht also ein stattlicher Feuerdrache an Land aus," unterbrach Sueleh die Stille. Fridolin schaute etwas verlegen zu Boden. „Sollte das ein echtes Kompliment sein, oder gar ein schlechter Drachenwitz? „Normalerweise mache ich ja die Witze über die seltsamen Menschenwesen und nicht etwa umgekehrt," ging es ihm durch den Kopf. „Jaja, ich hab ja nur geübt," stellte er dann sein Licht unter den Scheffel und sein verschmitzter Blick hatte den Ausdruck eines verspielten Drachenjungen. Sueleh reichte ihm voller Respekt die Hand.

„Darf ich mich vorstellen: ich bin Sueleh vom Drachenbadesee und das sind meine beiden Töchter Rahleh und Rehleh. Wir sind von ihrem meisterlichen Können als Feuerdrache sehr angetan." Die Mädchen kicherten und machten dabei einen höflichen Knicks. Fridolin fuchtelte etwas hilflos mit seinen Händen umher, denn er fühlte sich natürlich durch das aufrichtige Kompliment der Menschenfrau geschmeichelt, doch das war es nicht alleine. Nein, so süß waren die kleinen Menschenfrauen mit ihren blonden Zöpfen, dass er sie am liebsten gleich auf den Arm genommen hätte. Er beugte sich zu ihnen hinunter und sprach leise und geheimnisvoll: „Kennt ihr denn schon die wunderbare Geschichte vom Trasimenischen Drachen? " „Nein, bitte erzähl uns die Geschichte", trällerten die Zwei und schon saßen sie erwartungsvoll auf seinem Schoß. So begann Fridolin mit leiser Stimme vom einsamen Drachen Salvatore, der auf dem Grund des Lago Trasimeno im fernen Umbrien lebte, zu erzählen. Rahleh und Rehleh lauschten fasziniert jeder Silbe. Sie mochten Geschichten für ihr Leben gerne und so tauchten sie in Gedanken gemeinsam mit Fridolin auf den Grund des Lago Trasimeno, um der ergreifenden Geschichte vom einsamen Drachen Salvatore zu lauschen. „Willkommen in einer fremdartigen Welt voller Geheimnisse, willkommen im Reich der Seedrachen," ertönte Fridolins Stimme.

Schon vom ersten Augenblick an hatten Lilly und Sueleh das Gefühl, sich schon ewig zu kennen, denn sofort spürten sie diese Nähe, diese Vertrautheit und Liebe. Zunächst erzählte Lilly ein wenig über ihr Leben als Drachenfrau und über ihre Liebe zu Fridolin, dem Feuerdrachen. Als sie dann das Buch der Liebe erwähnte, wurde Sueleh besonders neugierig, denn auch die Menschen hatten so ein Buch, doch leider lebten die wenigsten wirklich danach, weil viele es nicht verstanden oder besser gesagt nicht verstehen wollten. Dafür verstanden die Menschen es vortrefflich, andere Menschen zu unterdrücken und Kriege zu führen, für Drachen ein unvorstellbarer Gedanke, denn Gewalt war nach dem Buch der Liebe strengstens verboten. „Wie haben es die Drachen nur geschafft, in Liebe und Glück zu leben?" fragte sie Lilly neugierig. Daraufhin antwortete die Drachenfrau: „Wir leben streng nach dem Buch der

Liebe, doch wir sind keinesfalls vollkommen. Obwohl unsere goldenen Regeln für ewige Liebe und Glück sehr einfach zu verstehen sind, machen auch wir Fehler. Jeder Drache ist nach dem Buch der Liebe verpflichtet, aus seinen Fehlern zu lernen, und wenn wir keine Fehler machen würden, dann würden wir nichts lernen." Sueleh runzelte die Stirn und sinnierte vor sich hin: „Wenn ich das richtig verstehe, sind Fehler bei euch Drachen dann gar nicht schlimm?" „Ja, ganz genau so ist es, ich habe in meinem Leben schon viel lernen dürfen," nickte Lilly zustimmend und lächelte dabei „Ich glaube, die Menschen könnten vom Buch der Liebe viel lernen." „ Dürfte ich es mir einmal ausleihen?" fragte Sueleh vorsichtig. Lilly zuckte zusammen. So eine Frage konnte nur von einer Menschenfrau gestellt werden. „Nein, nein, das Buch darf nicht in fremde Hände gelangen, aber wenn du möchtest, komm beim nächsten Vollmond zur schiefen Eiche, denn dort finden unsere gut besuchten Leseabende statt," zwinkerte ihr Lilly geheimnisvoll zu.
Sueleh sollte künftig viele Abende unter der schiefen Eiche verbringen und war somit die erste Menschenfrau, die mehr über die goldenen Regeln für ewige Liebe und Glück erfahren durfte. Nun erzählte Sueleh über ihr Leben und Lilly lauschte mit gespitzten Ohren: „Nachdem mein geliebter Mann viel zu früh gestorben war, ließ ich mich hier am See nieder. Mein Leben war völlig aus dem Gleichgewicht geraten. Am Tage kümmerte ich mich liebevoll um meine Töchter und unterrichtete

an der Menschenschule, doch in den Nächten kam die Trauer und breitete ihren grauen Schleier über mir aus. Eines Nachts erschien mein geliebter Mann im Traum und sprach: „Sei nicht traurig, dein Leben darf weitergehen und die Menschen und Drachen brauchen deine Hilfe." In den ersten Wochen nach dem Traum konnte ich mir keinen Reim daraus machen. Was sollte damit gemeint sein? In dieser Zeit beobachtete ich oft, wie Menschen- und Drachenkinder gemeinsam im See badeten und spielten. Auch wenn sie rein äußerlich kaum Ähnlichkeit hatten, so stellte ich erstaunt fest, wie viel sie voneinander lernten. So habe ich angefangen, kleine Drachen mit in den Unterricht zu integrieren. Auch wenn sie sich am Anfang mit lesen und schreiben etwas schwer taten, so bereicherten sie den Unterricht durch ihre liebevolle Art, ihre Kreativität und Fantasie. Als Pädagogin studierte ich aufmerksam die unterschiedlichen Verhaltensweisen und forschte nach Gemeinsamkeiten. Natürlich gab es Höhen und Tiefen, doch ich ließ mich davon nicht entmutigen, denn insbesondere die Eltern der Menschenkinder hatten große Vorbehalte. Ich folgte einfach meinem Gefühl und plötzlich kam mir eine mutige Idee, die meinem Leben einen neuen Sinn geben sollte: „Die erste gemeinsame Menschen-Drachenschule." Mit leuchtenden Augen erzählte sie Lilly von ihrem einzigartigen Konzept und ihren ersten Erfolgen.

Dieser Sommertag am Drachenbadesee war der Anfang einer tiefen Freundschaft, die ihr Leben auf ganz besondere Art und Weise prägen sollte. Die Mädchen vergötterten Fridolin und Lilly, und Sueleh freute sich von ganzem Herzen über ihre Besuche. So verbrachten sie gemeinsam viele, heitere Tage am Drachenbadesee. Doch ganz leise und unauffällig veränderte sich die einst liebevolle Beziehung zwischen Fridolin und Lilly.

Die leidenschaftlichen Nächte wurden immer seltener. Lilly fiel auf, dass Fridolin zunehmend mürrisch und schweigsam wurde. Während er laut schnarchend neben ihr lag, träumte sie von den wunderbaren Nächten voller Liebe und Leidenschaft, und vor Sehnsucht kullerte ein ganzes Tränenmeer auf ihr kuscheliges Kissen. Am nächsten Morgen vertraute sie sich Pfefferkörnchen hoffnungsvoll an und erzählte ihm von ihren leidenschaftlichen Träumen: „Stell dir vor Pfefferkörnchen, ich hatte heute Nacht einen sehr angenehmen Traum. Noch immer bin ich völlig aufgewühlt, wenn ich nur daran denke," hauchte sie ihm direkt ins Ohr, so dass er ihren heißen Atem förmlich spüren konnte. Leider hörte er überhaupt nicht zu und sprach nur davon, wie wichtig es sei, seinen Job gut zu machen. Lilli war aufgefallen, dass er in letzter Zeit nur noch sein derb gebrautes Bier im Schädel hatte, welches er inzwischen in beachtlichen Mengen konsumierte. „Früher war er ein galanter und verführerischer Drachenweibchenversteher," erinnerte sie sich wehmütig. Was war nur geschehen?

In den Augen von Fridolin hatte Lilly wohl nur diese völlig überflüssigen Stimmungsschwankungen. Sein bester Freund Florian und er waren sich wie immer einig. „So sind halt Drachenfrauen, wenn sie in die Wechseljahre kommen und wie gut, dass wenigstens wir Drachenmänner davon verschont bleiben," prosteten sich die beiden zu.

DIE REISE NACH DRAGOTONIEN

*E*ines Tages machte sich Fridolin auf den weiten, beschwerlichen Weg zur großen Konferenz des Drachenrates nach Dragotonien, denn dort erwarteten ihn wichtige Vorträge von hochkarätigen Dozenten aus aller Welt. Im Gegensatz zu früheren Veranstaltungen stand dieses Mal nur ein Thema auf der Tagesordnung: "Die Bedrohung durch die Macht des Bösen." Er selbst war mehr als nur nervös, hatte er doch die heikle Aufgabe, über seine Arbeit als Hüter des „Buches der Liebe" zu referieren. Auf der einen Seite erfüllte es ihn mit Stolz, anderseits liefen ihm alleine bei dem Gedanken, vor so vielen Persönlichkeiten zu sprechen, die kalten Schweißperlen über sämtliche Flossen. Doch das war es nicht alleine, denn schon die Reise an sich war schweißtreibend.

Während er früher selbstverständlich geflogen war, lastete sein stattliches Gewicht nun auf seinen kleinen, krummen Watschelfüßen, denn der mächtige Drachenbierbauch ließ einfach keine Langstreckenflüge mehr zu. Aufgrund mangelnder Kondition und infolge einer selbstherrlichen Überschätzung seiner verbliebenen Fähigkeiten, musste er beim letzten Langstreckenflug eine außerplanmäßige Landung einleiten. Um den zu erwartenden Schaden zu begrenzen, entschied er sich für eine Punktlandung auf einem erbärmlich, stinkenden Misthaufen. Sofort waren die gelben Flugengel zur Stelle. Um ihn wiederzubeleben, versuchten sie ihm ein widerliches Gebräu einzuflößen. Kaum hatte der Unglücksdrache einen ersten Schluck genommen, spuckte er ihnen dieses grauenhafte Teufelszeug in hohem Bogen in ihre gelben, verdatterten Gesichter. „Ihr dämlichen Pannenpfuscher, wollt ihr mich vergiften?" schrie er sie an. Kaum hatte Fridolin seinem Unmut Luft gemacht, ging ein gleisendes Blitzlichtgewitter auf ihn nieder.

„Zur Drachenhölle mit diesen übereifrigen Paparazzi, die mit ihren blitzenden, schwarzen Kisten nur darauf gewartet haben, mich zu demütigen," dachte er resigniert und beschämt.

Schon am nächsten Tag konnte das ganze Drachenland einen zornigen, gescheiterten Fridolin von Pfefferkorn auf der Titelseite der „Drachenbild" bewundern, was ihm eher einen zweifelhaften Ruhm bescherte. Konsequenterweise wurde ihm vom Luftsportdrachenverband die Langstreckenfluglizenz entzogen, war das Risiko doch einfach zu groß, denn er wurde als eine fliegende Zeitbombe eingestuft. Ein entsprechendes Ernährungs- und Fitnessprogramm, zur Wiedererlangung der uneingeschränkten Flugtauglichkeit, lehnte er feuerspuckend ab. „Diesen unfähigen Quacksalbern in schneeweißen Kitteln," stand er mit einer gewissen Distanz gegenüber. Und nun zu Fuß. „Hoffentlich erkennt mich niemand. Was für eine große Schande für mich, den mächtigen Drachen Fridolin von Pfefferkorn," jammerte er. So trottete Fridolin viele Wochen übellaunig vor sich hin und wenn er keine Lust mehr hatte, kehrte er in schummrigen Drachenbars ein. Dort tanzten wilde Drachengirls halbnackt zum heißen Beat der aktuellen Chart-Hits. Das Bier floss in rauen Mengen und der Dunst der Dragonia-Zigarren hüllte den Raum in dunkle Schwaden. Oft saß er stundenlang auf einem staubigen Barhocker, schmauchte unzählige dicke Zigarren, leerte einen Bierkrug nach dem anderen und sinnierte betrübt über sein Leben. „Früher bin ich oft mit Lilly zu Drachenluftsportveranstaltungen geflogen, denn ich war damals ein flotter, attraktiver Sportdrache, mit Muskeln wie ein Tyrannus Saurus Rex," prahlte er an der Theke, doch die anderen Gäste hörten ihm gar nicht zu. Ja, damals waren sie tatsächlich ein gern gesehenes Paar und viele seiner männlichen Artgenossen beneideten ihn um seine zuckersüße Freundin Lilly.

*L*illy blieb wie immer zu Hause, um das Buch der Liebe zu bewachen. Insgeheim war sie froh, dass endlich einmal Ruhe eingekehrt war, denn auf diese endlosen Streitereien, seine chronische Übellaunigkeit und sein donnerndes Schnarchen konnte sie gerne verzichten…. Und doch, irgendwie fehlte ihr etwas!
Sie fühlte sich einsam und verlassen. Langeweile und Traurigkeit begleiteten sie durch die trübseligen Tage, und in den Nächten wurde sie von der Sehnsucht nach Liebe und Zärtlichkeit geradezu überwältigt.

Nach einer dieser unglücklichen Nächte erwachte Lilly durch ein dezentes Klopfen an ihrer schweren Höhlentür. Verschlafen watschelte sie mit geschlossenen Augen über den kalten Höhlenboden. Dabei machte sie erst einmal ihr knappes grünes Nachthemd zurecht. Irgendwie war es wohl beim Waschen in den heißen Quellen von Tururmangur eingegangen, oder hatte sie etwa zugenommen? „Wer zum Drachenhimmel kommt denn so früh schon zu Besuch?" ging es ihr durch den unfrisierten Kopf. Mit verschlafenen Augen öffnete Lilly die quietschende Tür. Nachdem sie dreimal geblinzelt hatte, nahm sie die Umrisse eines tief gebeugten Drachens war. Nein, was für eine Überraschung am frühen Morgen. Mit diesem seltenen Gast hatte sie nicht wirklich gerechnet. Ärmlich, aber völlig korrekt gekleidet, stand der weit gereiste Handelsdrache Monetus von Reibach vor ihr. Schwarzer, verfilzter Zylinder, weißes Hemd mit grüner Drachenfliege. Darüber einen abgewetzten Frack aus feinem Zwirn, mit vielen, aufgenähten Trinkgeldtaschen. Seine Augen leuchteten ganz besonders, wenn zufriedene Kunden ihm etwas hineinsteckten. Er machte seine Geschäfte gerne an Höhlentüren, und zu seinem erlauchten Kundenkreis gehörten vorzugsweise Drachendamen, mit einem gewissen Sinn für Stil und Eleganz. Seine Schuhe waren eine Sonderanfertigung, denn die Spitzen waren mit Metall beschlagen. So brachte er schmerzfrei seinen Fuß zwischen jede massive Drachenhöhlentür. Ein kleines Geheimnis seines Erfolges. Da er sich ständig vor seiner erlauchten Kundschaft verneigte, war sein Rücken stark gebeugt. Auch vor Lilly verneigte er sich so tief, dass sie ihn mit ihren verschlafenen Augen fast übersehen hätte.

Die dicken Gläser seiner schwarzen Hornbrille hatten bereits stark gelitten und sahen aus wie ein halb zertrümmertes Drachenhöhlenfenster. Kein Wunder, denn bei seinen tiefen Verbeugungen fiel ihm ständig die Brille von der Nase, was ihm den Spitznamen "die fliegende Brille" bescherte. Schon lange war er nicht mehr hier vorbeigekommen, doch man konnte es ihm nicht übel nehmen, denn Fridolin hatte ihn beim letzten Besuch mit seinem Drachenfeuer schnaubend aus der Höhle gejagt. Er hatte absolut kein Verständnis für diesen umherstreunenden Drachenhausierer, wie er ihn abwertend nannte. Lilly war das damals äußerst peinlich und sie schämte sich noch immer für das unangemessene Verhalten ihres feuerspeienden Gatten. Wieder einmal ein Beweis dafür, dass er wirklich keinen Sinn für die Bedürfnisse einer Drachenfrau in den besten Jahren hatte. Dagegen hatte Monetus sehr viel Einfühlungsvermögen, denn seine Komplimente waren aufrichtig und charmant zugleich. Schon saß er auf Fridolins Stuhl am Küchentisch und Lilly brühte einen starken Kaffee auf. Amüsant erzählte er von seinen weiten Reisen, denn Monetus hatte die ganze Welt bereist und handelte sogar mit den fernen schlitzäugigen Chinesen. Neuerdings hatte er sogar den gesunden, chinesischen Tee in seinem vielseitigen Sortiment aufgenommen. „Dieser Tee ist ein Garant für Schönheit und Gesundheit, ein wahres Wunder der Natur," frohlockte er augenzwinkernd. Lilly war inzwischen hellwach und lauschte beeindruckt seinen Erzählungen. Monetus hatte ein ausgezeichnetes Gespür für die Stimmungen seiner Kunden, deshalb bemerkte er recht schnell, dass sie großen Kummer hatte. Als er sie direkt darauf ansprach, schüttete sie ihm in ihrer Verzweiflung ihr Herz aus. Mit gespitzten Ohren hörte Monetus von Reibach aufmerksam zu. Schon früh hatte er gelernt, seinen Kunden im richtigen Moment den Ball zuzuspielen, um dann über gezielte Fragen wichtige Informationen zu erhalten, und es funktionierte wieder einmal bestens. Als sie geendet hatte, zwinkerte er ihr wohlwollend zu und sprach mit forscher Stimme: „Jawohl, sie haben es selbst gesagt, etwas gegen die Einsamkeit in der Nacht soll es sein, nicht wahr meine Dame?" Lilly nickte einmal kurz und schon war das Geschäft besiegelt. Monetus eilte nach draußen, öffnete keuchend die schwere Klappe seines Holzkarrens und kam freudestrahlend mit einem großen Paket zurück.

Im Tausch gegen eine große Portion von Fridolins höllisch brennenden Pfefferkörnern hatte Lilly ein ganz besonderes Schnäppchen ergattert. Monetus beglückwünschte sie zu ihrem guten Kauf, dankte ihr für den köstlichen Kaffee und verabschiedete sich mit einer tiefen Verbeugung. Wie immer, grabschte er dabei erfolglos nach seiner Brille, die wieder einmal unsanft zu Boden ging. Kaum war er hinter den Bäumen verschwunden, begann er so laut zu grölen, dass die Blätter irritiert von den Bäumen fielen: „Hahahahahah, endlich bin ich das sperrige, nichtsnutzige Ding los! Viel Vergnügen damit, Frau von Funkelstein, hahahhaah." Mit gierigen Augen betrachtete er nun die feuerroten Pfefferkörner. Umjubelt von begeisterten Zuschauern, sah er sich bereits, mit einem dumpfen Donnerschlag, ein mächtiges Drachenfeuer entfachen.

Im Bett, auf der Seite ihres Mannes, lag nun ein großer Strohdrachenmann, der einem echten Drachen täuschend ähnlich sah. In der Nacht kuschelte sie sich voller Erwartung an ihre neue Errungenschaft. „Na ja, etwas gewöhnungsbedürftig bist du ja schon, doch mit der Zeit werden wir uns bestimmt gut verstehen, mein Lieber," hauchte sie ihm in sein Stroh-Ohr, doch als Lilly versuchte, ihn sinnlich zu küssen, wurde sie plötzlich von einem heftigen Wutanfall gepackt. So hatte sie sich das nun wirklich nicht vorgestellt. Die hervorstehenden Strohhalme stachelten, als wollte sie gerade einen Igel küssen. „Hör sofort auf, mich so doof anzustarren. Ich brauche auf der Stelle einen richtigen Drachenmann und keine stachelige Attrappe," schrie sie ihren stummen, treudoof blickenden Bettgefährten an. Dann richtete sie sich schnaubend auf, verfluchte diesen elenden Drachenhausierer und warf ihr vermeintliches Schnäppchen in hohem Bogen aus dem Bett. „Ich, Lilly von Funkelstein, habe es wirklich nicht nötig, einen Strohdrachen zu küssen," sagte sie sich immer wieder, bis sie irgendwann vor Erschöpfung enttäuscht einschlief. In dieser Nacht träumte sie das erste Mal davon, den Weg zum großen Liebesfelsen zu wagen. War es nur Neugierde oder gar der Frust einer Drachenfrau in den besten Jahren? Jurassica, ihre flippige Freundin, kannte sich da sehr gut aus. Im Gegensatz zu Lilly jagte sie von einem Höhepunkt zum anderen. Kurz gesagt, sie war wild und unersättlich! So gerne Lilly sie auch mochte, in ihren Augen, schminkte sie sich zu aufdringlich und zeigte eindeutig zu viel nackte Haut. Darüber hinaus lief sie herum wie eine wandelnde Schmuckmesse, auf rasierten Stelzen. Als Lilly ihr die Geschichte mit dem Strohdrachenmann beichtete, huschte nur ein müdes Lächeln über ihre rotlackierten Lippen: „Hey Baby, wie kann man sich so was ins Bett holen? Stell dir vor, der Typ

fängt vor Leidenschaft an zu brennen. Hey, voll gefährlich so was," spottete sie vor sich hin, und Lilly schämte
sich für ihre Naivität in Grund und Boden.

LILLY IM BANN DES LIEBESFELSENS

*J*n vollen Zügen genoss Jurassica ihr ausschweifen-
des Leben als Drachensingle und schwärmte bei
jeder Gelegenheit davon, dass sie dort beim Liebesfelsen
aufregende Typen kennengelernt hatte. Ihre Schilderungen waren so sehr detailliert, dass Lilly immer einen knallroten Kopf dabei bekam. Offensichtlich hatte
Jurassica nicht die geringsten Hemmungen und hüpfte
ungeniert von Bett zu Bett. „Es musste dort fantastische
Liebhaber geben," stellte sich Lilly vor und bemerkte,
dass allein schon der Gedanke heftige Hitzewallungen
verursachte. Anderseits gab es wohl dort auch diese ge-
stylten Angeber- Drachen, die mit der Länge ihres Dra-
chenschwanzes prahlten, doch in diesem Punkt waren
sich die Freundinnen uneinig. „Als ob es darauf alleine
ankäme," widersprach sie Jurassica. Letztendlich über-
wand Lilly alle Bedenken und entschloss sich, den Weg
zum verruchten Liebesfelsen zu wagen. Sie hatte natürlich ihre beste Freundin Jurassica eingeweiht, die gerne
bereit war, so lange das Buch der Liebe zu bewachen.
Ein gutes Netzwerk unter Frauen hatte schon damals
nicht geschadet. Am Tag der gewagten Mission war Lil-

ly schon Stunden vorher äußerst nervös. Dazu kam, dass Jurassica wieder einmal extrem unpünktlich war. „Wo warst du denn so lange?" fauchte Lilly ihre Freundin an, als sie endlich erschien. Doch Jurassica zwinkerte ihr nur zu und rasselte dabei mit ihren neuen Perlenketten."Das möchtest du nicht wirklich wissen,-- Drachenschätzchen," raunte sie ihr ins Ohr. Ein eindeutiges Handzeichen und ein betonter Hüftschwung mit ihrem üppigen Revuekörper lieferten die unmissverständliche Antwort. Nun war der große Augenblick gekommen, doch gleichzeitig kamen Lilly auch Zweifel. „Was ist nur, wenn niemand Gefallen an mir findet?"

Da fiel ihr plötzlich ein, dass sie vergessen hatte, ihre Beine zu rasieren. Nein, zum ersten Rendezvous mit Beinen wie ein Wolf, einfach undenkbar, so entschied sie sich, den völlig überflüssigen kleinen Borsten noch schnell zu Leibe zu rücken. Nachdem sie sich gründlich eingeseift hatte, zog sie mit ihren rosafarbenen Dragon-Shafe planlose Bahnen durch den dermatologisch getesteten Damenrasierschaum. Kaum war sie fertig, wurden ihre Beine krebsrot und fingen an zu brennen. „Das fehlt mir gerade noch, eine allergische Reaktion," hörte man sie durch die geschlossene Badezimmertür kreischen. Verunsichert setzte sie ihre Brille auf, um noch einmal die Gebrauchsanweisung zu lesen. „Dose vor Gebrauch schütteln. Kindergesicherten Verschluss abziehen. Rote Sprühdüsenöffnung zur roten Markierung ausrichten. Dose möglichst senkrecht halten und aus 20 cm Abstand gleichmäßig aufsprühen – Soweit habe ich ja alles richtig gemacht," dann las sie hektisch weiter: „Bei Heißluftherden nicht auf die Ventilator-Öffnung sprühen. Bei Gasbacköfen Zündflamme löschen." Sie hatte sich mit Backofenspray rasiert!

Eine unbändige Wut über sich selbst kam über sie, doch dafür war jetzt keine Zeit. Mit schmerzenden Beinen, stockendem Atem und rasendem Herzen schleppte sie sich zum Spiegel und betrachtete kritisch ihr Tageswerk. Die Haare, gestylt wie ein Model, die Augen, geschminkt wie ein Uhu und die Lippen, glutrot wie die Sünde selbst. Verführerisch warf sie den Kopf zurück, schürzte sinnlich ihre Lippen und schnalzte unüberhörbar mit der Zunge. Ein leichtes Beben zwischen ihren Hüften nahm ihr die letzten Zweifel. „Ich bin eine unwiderstehliche Frau in den besten Jahren und wer sich traut, wird das heute Nacht erfahren," sprach sie selbstbewusst, kaschierte ihre krebsroten Beine mit einem langen Kleid, und entschwand, ohne sich von Jurassica zu verabschieden, hinkend in die stockfinstere Nacht. Jurassica, deren Aufgabe es nun war das Buch während der Abwesenheit ihrer Freundin zu bewachen, war beim Feilen ihrer Fingernägel eingeschlafen und träumte von moralisch ungefestigten Drachenmännern.

Kaum hatte Lilly die Höhle verlassen, wurde der Himmel durch einen gleisenden Blitz erhellt, und ein grollender Donnerschlag ließ die Erde erzittern. Erschrocken blickten ihre grell geschminkten, weit aufgerissenen Augen zum Himmel, und schon öffneten sich dort alle Schleusen. Schützend hob sie noch instinktiv die Hände über den Kopf, um ihre Frisur zu retten, doch der Regen prasselte unbarmherzig auf sie nieder. Schon begann sich langsam die Schminke aufzulösen und brannte wie Feuer in ihren Augen. Ihre kunstvolle Frisur, mit der sie sich den ganzen Tag abgemüht hatte, wurde innerhalb von Sekunden ruiniert und alles, was davon übrig blieb, waren triefende Fransen, die wie Sauerkraut an ihren verfärbten Wangen klebten. Sintflutartige Sturzbäche fraßen sich in die Erde und verwandelten den einst vertrauten Waldweg in eine Piste aus Schlamm und Morast. Lilly suchte, weit ab vom Weg, verzweifelt Schutz unter den Bäumen. Resigniert musste sie feststellen, dass die stattlichen Drachenbäume kaum Schutz boten, denn die Blätter waren einer solchen Flut längst nicht mehr gewachsen. So entschloss sie sich, wieder zurück zu gehen, doch weit und breit war kein Weg mehr zu erkennen. Orientierungslos irrte sie umher und merkte dabei nicht, dass sie sich immer weiter von der Drachenhöhle entfernte. Zu allem Unglück setzte nun auch noch ein kalter Wind ein, und sie begann am ganzen Körper zu zittern. Wut stieg in ihr auf; Wut über Jurassica, denn wäre sie pünktlich gewesen, wäre ihr der Regen erspart geblieben. Wut über sich selbst."Was um Himmels Willen mache ich hier?" schluchzte sie verbittert. Dann dachte sie an Fridolin: „Wo wird er wohl gerade sein? Warum liebt er mich nicht mehr so wie früher? Was war nur geschehen?" Gleichgültig, dem Schicksal ausgeliefert, taumelte sie von Baum zu Baum, bis sie von einer eisigen Windböe mit voller Wucht gegen einen großen roten Felsen geschleudert wurde. Als Lilly sich benommen wieder aufrichtete und die verwässerte Schminke aus den Augen wischte, glaubte sie, ein ganzes Meer von Herzen zu sehen. Zunächst erschien ihr es wie ein schöner Traum, der nie zu Ende gehen sollte. Wohin sie auch schaute, war die glatte Felswand kunstvoll mit Herzen geradezu übersät. Im ersten Moment hatte sie dafür keine Erklärung, doch dann fiel es ihr wie Schuppen von den verwässerten Augen. „Der geheimnisvolle Liebesfelsen"

War das Zufall oder gar Fügung? Nein, das spielte im Moment keine Rolle, denn zunächst ging es ihr nur darum, Schutz vor diesem fürchterlichen Unwetter zu finden. Völlig durchnässt und am Ende ihrer Kräfte, stand Lilly vor einer engen, mit Efeu verhangenen Felsspalte, die den Gerüchten nach das „Tor zur Sinnlichkeit genannte wurde."

Der geheimnisvolle Liebesfelsen war kein Ort, über den man in der Öffentlichkeit gerne redete, denn sein Ruf war eher zweifelhaft. Lieber zeigte man sich nach außen hin moralisch gefestigt, und entsprechend groß war die allgemeine Entrüstung, wenn wieder einmal eine dieser ungeheuerlichen Geschichten die Runde machte. Im Verborgenen wurde dann eifrig über einen Ort getuschelt, den es ja offiziell gar nicht wirklich gab.

Oder vielleicht doch? Ohne weiter nachzudenken, schob sie das Efeu zur Seite und zwängte sich durch das verruchte „Tor der Sinnlichkeit." Noch immer war es ihr fürchterlich kalt, denn der Regen und der eisige Wind hatten ihr heftig zugesetzt. Im „Raum der sinnlichen Begegnung" angekommen, wurde sie von der Liebe mit warmem Blütenduft überrascht. Wie gut es doch tat, diese wohltuende Wärme zu spüren, und so stand sie einfach nur wie verzaubert da, und genoss diesen überwältigen Moment. Erst einige Zeit später machte sie ein paar kleine Schritte, und wäre dabei fast in die heißen Quellen gestürzt, die brodelnd zu einem Entspannungsbad einluden. Unzählige Kerzen spendeten, im Dunst der brodelnden Dämpfe, ein diffuses Licht und Lilly fühlte sich, als sei sie gerade im Paradies angekommen. Als dann noch ganz leise ein samtiger Drachenblues ertönte, wurde es ihr so merkwürdig warm ums Herz.

Doch was dann geschah, übertraf alle ihre kühnsten Träume. Ein stolzer, prächtiger Drache mit strahlend blauen Augen und langem blondem Haar stand plötzlich unmittelbar vor ihr und ließ ihr Blut vor Bewunderung erstarren. So einen prächtigen Herrn hatte sie bisher noch nicht zu Gesicht bekommen. Erhaben verbeugte er sich tief, nahm ihre Hand und küsste sie galant.

Ein strahlendes Lächeln huschte über seine sinnlichen Lippen und seine gepflegten Zähne blitzten wie edles Elfenbein. Seine tiefe Stimme erhob sich zum Gruße, und schon hielten sie sich an beiden Händen.

Ihr Herz hämmerte wie ein Specht, und als ihr feines Näslein den herben, betörenden Duft seines Drachenparfüms vernahm, kam sie ihm immer näher, und sog so viel ein, wie sie nur erhaschen konnte. In ihrem Bauch schwärmten tausende, farbenfroher Schmetterlinge aus und vollführtem eine wahrhaftigen Liebestanz. Mit einem unbeschreiblichen Verlangen nach Wärme, Nähe und Zärtlichkeit ließ sie sich in seine offenen Arme fallen. Der galante Herr presste sie fest an sich und fing an, sie im Rhythmus der Musik zu wiegen. Ein längst vergessenes Gefühl der Sicherheit, der Geborgenheit und der Vertrautheit stellte sich ein.

Als sie so dahinschwebten, blickte er ihr tief in die Augen und sprach: „Du bist es, von der ich mein Leben lang geträumt habe. Du edle Perle des Drachenwaldes, erlöse mich von meiner Einsamkeit und lass mich nie wieder allein." Im ersten Moment zuckte sie zusammen und spürte dabei noch einen leichten inneren Widerstand. „Wie kommt er nur dazu, einer unbescholtenen, fremden Frau solche Worte zu schenken?" fragte sie sich, und versuchte dabei seinem feurigen Blick standzuhalten. In diesem Moment erreichten erste glühende Funken direkt ihr Herz, und gleichzeitig fuhr Lilly, ganz langsam ein kühler, angenehmer Schauer den Rücken hinunter. Nach einem ihr unbekannten Drehbuch, übernahmen nun die farbenfrohen Bauchschmetterlinge die Regie im Alleingang, und keine Macht der Erde konnte sie aufhalten, sich zu ihrem schönsten Tanz zu formieren. Äußerst geschickt und fast unauffällig begann er Lillys nasse Kleider abzustreifen, und noch bevor er die letzte Hürde nehmen konnte, fanden sie sich, sinnlich berauscht, im heißen Quellenpool wieder.

Der erste Kuss fühlte sich noch etwas unbeholfen an, doch der grenzenlose Hunger nach Liebe ließ sich davon keinesfalls stören, sondern verlangte immer leidenschaftlichere Wiederholungen, die ein wahrhaft unstillbares Verlangen heraufbeschworen. Als er nun auch noch damit anfing, ihren Nacken zu küssen, presste sie sich so fest gegen ihn, dass der verführerische Drachenweibchenversteher kurz zögerte, doch dann entzündete sich zeitgleich all ihre Leidenschaft zu einem wahren Feuerwerk. Hemmungslos, bereit sich gegenseitig zu verschlingen, waren alle Tabus nur noch Schall und Rauch. Auf seinen starken Armen trug er sie zum Raum, der „die Höhle der Lüste" genannt wurde. Der Boden war mit weichem Fell ausgelegt, und das stattliche Bett an den Ecken mit lodernden Fackeln bestückt. Die Wände waren kunstvoll mit frivolen Zeichnungen verziert, doch zum näheren Betrachten blieb ihnen keine Zeit. Wild und unersättlich fielen sie übereinander her und was in dieser Nacht alles geschah, sollte für immer ihr Geheimnis bleiben.

Am nächsten Morgen, als sie erwachte, war das Feuer längst erloschen und Siegfried hatte sich sozusagen in Rauch aufgelöst. Auf seinem Kissen fand sie einen Brief:

Liebe Lilly,
wenn du diese Zeilen liest, werde ich schon
über alle Drachenberge sein. Meine Frau und
meine sieben Kinder, im fernen Dragistan,
erwarten mich sehnsüchtig. In Liebe,
dein Siggi von Seitensprung

Immer wieder las Lilly diese Zeilen, und als sie endlich verstand, was wirklich geschehen war, liefen heiße Tränen über ihre Wangen. Panikartig sammelte sie
ihre Kleider zusammen, zog sich schnell an und eilte zu
Jurassica, die schon voller Neugierde wartete. Tausend
Fragen flogen durch den Raum. „Und, wie war er? Erzähl mir …." Doch sie brachte kein einziges Wort heraus. Nein, es gab nichts zu erzählen, nicht jetzt, nicht
hier und schon gar nicht ihr! Noch lange sollte sie diese
schicksalhafte Nacht beschäftigen und die Folgen sollten ihr Leben grundlegend verändern.

DIE KONFERENZ VON DRAGOTONIEN

*J*nzwischen hatte der Drache Fridolin von Pfefferkorn unter allergrößten Entbehrungen sein Ziel
erreicht. Mit schmerz- verzerrtem Gesicht blickte er auf
die Elf Weißen Felsen, im fernen Dragotonien. Um seine
geschundenen Watschelfüße wieder zu beleben, genehmigte er sich erst einmal eine chinesische Reflexzonen-

massage. Etwas verächtlich betrachtete der kleine, chinesische Gesundheitsdrache den beleibten Pfefferkorn. „Bloody Hell," zischte es durch seine gelbe Zahnlücke. „It´s quite cleal, that you will never come home with this weight, and if you go on smoking those stlange cigals, you will die soon." Auch wenn die englische Sprache nicht zu seinen Stärken gehörte, so war diese Botschaft unmissverständlich. Fridolin wurde nachdenklich:„Soll ich einfach so tun, als ob ich nichts verstehen würde, oder soll ich ihm gleich mit meinem Drachenfeuer die Schweißperlen aus seinen gelben Poren locken?" Schon hatte er ein paar Pfefferkörner eingeworfen, doch warum zögerte er noch? Ehe er sein Feuer entfachen konnte, machte ihm der kleine Chinese schonungslos klar, dass es höchste Zeit war, die Ernährung grundlegend umzustellen und das Rauchen sofort zu unterlassen. Als Ersatz für das Bier verordnete er ihm grünen Tee: „Gleen tea is good for health, good for flying and good for love!" Bei diesen Worten blickte ihn der Drachenchinese mit seinen stechenden, hypnotisierenden Schlitzaugen scharf an, und plötzlich hörte man ein lautes Klicken in seinem verworrenen Drachengehirn. „Ja konnte es denn sein, dass dieser akademisch, verwilderte Gesundheitsdrache Recht hatte? Wie mühevoll war doch seine Reise gewesen…Und das alles, weil er sich so hatte gehen lassen…Wurden seine Launen etwa durch dieses derb gebraute Bier ausgelöst, und sahen seine Lungen denn schon aus, wie eine gut geteerte Drachenlandebahn?

„Der Blitz soll mich auf der Stelle beim Feuerspucken treffen, es ist wirklich Zeit, etwas zu ändern," sprach er voller Überzeugung.

Von diesem Tag an befolgte Fridolin den guten Rat des Drachens und achtete streng auf gesunde Ernährung und ausreichend Bewegung. Sein Beitrag zur Tagung wurde mit tosendem Beifall belohnt, doch zum Schrecken aller Teilnehmer wurde klar, dass sich die Bedrohung durch die „Bösen Mächte" weiter verschärft hatte. Das Buch der Liebe war in größter Gefahr, unwiederbringlich zerstört zu werden. Dass dies auch eine Bedrohung für Lillys Leben bedeuten könnte, kam den klugen Strategen jedoch nicht in den Sinn. Es wurde nächtelang debattiert, wie es denn gelingen könnte, die „Bösen Mächte" zurückzuhalten. Nachdem das „Buch der Liebe" unter keinen Umständen Gewalt erlaubte, eine schier unlösbare Aufgabe. Plötzlich erhob sich Pfefferkorn und machte einen ungewöhnlichen Vorschlag: „So schwer es uns fällt, meine Damen und Herren. Wir müssen uns mit den Menschen verbünden!"

Lautes Gemurmel erfüllte den voll besetzten Saal. Die Stimmung drohte schon zu kippen, als der Älteste majestätisch sein graues Haupt erhob und Pfefferkorn beipflichtete: „Ja, meine lieben Damen und Herren, wir müssen die Menschen um Hilfe bitten, denn auch sie leiden, genau wie wir, unter dieser schrecklichen Bedrohung." Das war der Beginn einer endlosen Debatte, und allen Teilnehmern rauchte buchstäblich der Schädel. Die Frage war: Wie sollte man auf die seltsamen Menschen zugehen, und wer war dafür geeignet? Auch hier war es wiederum Pfefferkorn, der mit der rettenden Idee brillierte. Abermals lauschte das Plenum gebannt seinen Worten: „Am Rande des Schwarzen Waldes, am berühmten Drachenbadesee, wohnt die Menschenfrau Sueleh mit ihren zwei süßen Menschenkindern. Sie ist die einzig wahre Verbündete der Drachen und eine sehr gute Freundin meiner Familie. Ihre zwei süßen Menschenkinder sind sogar mit Drachenkindern aufgewachsen. Obwohl Sueleh eine echte Menschenfrau mit nur zwei Beinen ist, versteht sie alles, was in unserem Buch der Liebe steht. Sueleh hat ein wunderbares Konzept entwickelt und danach die erste gemischte Menschen-Drachenschule eröffnet." Im Saal war es so still wie in einer tausend Meter tiefen Drachenhöhle, denn so etwas hatte es noch nie gegeben ... Pfefferkorn fuhr fort: „Ich habe selbst mit eigenen Augen gesehen, wie dort Menschen und Drachen voneinander lernen und sich sogar gegenseitig helfen. Eine wahre Schule der Liebe, meine sehr geehrten Zuhörer." Inzwischen klebten alle Augen wie gebannt an seinen Lippen: „Ich werde Sueleh bitten, uns bei der Verbreitung der Menschen-Drachenschulen zu helfen, denn so könnte es uns gelingen, gemeinsam mit den Menschen die Liebe überall auf der Erde zu verbreiten und damit die „Macht des Bösen" für immer zu verdrängen." Er verneigte sich tief, und frenetischer Beifall erfüllte tosend den Raum. Ein grelles

Blitzlichtgewitter setzte ein, und schon am nächsten Morgen wurde der stolze Fridolin von Pfefferkorn in der „Drachenbild" als „Retter der Liebe" gefeiert.

Pfefferkorn blieb noch drei Wochen und absolvierte, unter der strengen Aufsicht des chinesischen Gesundheitsdrachens, ein besonderes Fitness - und Ernährungsprogramm. Darüber hinaus nahm er unzählige Flugstunden, denn er hatte unter keinen Umständen die Absicht, zu Fuß zurück zu gehen oder wieder eine spektakuläre Notlandung zu riskieren.

Zu Hause wartete Lilly und machte sich große Vorwürfe. Dazu kam noch erschwerend, dass die letzten Tage von Übelkeit geprägt waren. Manchmal konnte sie überhaupt nichts bei sich behalten und dann plötzlich der noch nie da gewesene Heißhunger auf saure Gurken. Sie hatte doch von der großen Liebe geträumt, einem galanten Traumdrachen mit schnittiger Figur, der mit ihr das Leben teilen würde, doch statt dessen war sie an einen hinterhältigen Drachenfrauenverführer geraten. „Ein gemeiner Schuft mit sieben Kindern und einer ahnungslosen Frau im fernen Dragistan," schluchzte sie und kuschelte sich an ihren Strohdrachenmann, den sie in ihrer Verzweiflung inzwischen Fridolin nannte. Ihr Herz drohte vor Trauer und Sehnsucht zu zerspringen. Konnte sie ihrem Mann jemals wieder in seine dunklen Augen schauen? Erst jetzt wurde ihr klar, wie sehr sie doch ihr Pfefferkörnchen liebte.

*D*en „Bösen Mächten" war leider nichts entgangen, denn der gemeine Spion Brutalus von Grausam saß als Drache getarnt im Plenum und hatte alles sehr genau verfolgt. Inzwischen kannten die bitterbösen Kobolde alle Einzelheiten. Brutalus wurde vom Rat der „Bösen Mächte" damit beauftragt, die unschuldige Lilly heimtückisch zu töten und das Buch der Liebe für immer zu vernichten. Eile war geboten, denn alles musste geschehen sein, bevor Pfefferkorn heimkehrte. Brutalus war genau der Richtige für diesen Auftrag, denn in seinen Adern floss Klapperschlangengift und schon alleine das Wort „Liebe" machte ihn rasend vor Wut. Auch äußerlich machte er seinem Namen alle Ehre, denn im Grunde sah er aus wie ein missratener Kobold. Ein viel zu großer, unförmiger, kahler Schädel mit rosa Schweineohren thronte auf seinem verwarzten, schmächtigen Körper und seine, weit hervorstehenden blutunterlaufenen Augen hatten diesen irren, triebhaften Blick. Seine Sehkraft hatte in den letzten Jahren stark nachgelassen, weshalb er sich mit weit nach vorne gestreckten Händen durch seine finstere Welt tastete. Die gierigen, verknorpelten Finger waren mit langen schmutzigen Fingernägeln bestückt, mit denen er unsicher herumfuchtelte, doch dafür hatte er eine sehr feine Spürnase mit scheußlich behaarten Nasenlöchern. Sobald er Drachen oder Menschengruch wahrnahm, begannen seine giftgrünen Adern heftig zu zucken, und ein Würgereiz schnürte ihm die Kehle zu. So hatte er, als Spion unter Drachen, die größte Mühe, sein Ekelgefühl zu unterdrücken. Um bei den feinen Drachen nicht durch seinen üblen Geruch enttarnt zu werden, hatte er sich in einen luftdichten Drachenanzug gezwängt. Als er ihn endlich wieder ausziehen konnte, stank es derart fürchterlich, dass selbst die Stinktiere auf die höchsten Bäume flüchteten. Da er, wie alle bitterbösen Kobolde, das Wasser hasste, war Körperpflege für ihn ein Tabu. Schon einmal war ein böser Kollege versehentlich in einen Fluss gestürzt und das Wasser reinigte ihn so gründlich, dass er überhaupt nicht mehr gut schlecht roch. Aber viel schlimmer noch, der Unglückliche wurde durch das Wasser von allen bösen Gedanken gereinigt und war plötzlich nur noch lieb. Es war das Schlimmste, was einem Bösen überhaupt passieren konnte.

Bereits als junger, boshafter Schriftsteller hatte Brutalus ein übles Buch über die „Macht des Bösen" geschrieben. In seinen verwegenen Kreisen eine Pflichtlektüre. Ja, schon alleine deshalb lag es in seinem ganz persönlichen Interesse, das „Buch der Liebe" zu vernichten, und da er Drachen wie die Pest hasste, spielte ein Drachenleben dabei nun wirklich keine Rolle.

So machte sich Brutalus rasch auf den Weg, um sein grausames Werk zu vollbringen. Getrieben durch Hass und Mordlust, hatte er sein Ziel schon in wenigen Tagen erreicht, doch als er den Drachenwald betrat, nahmen seine mörderischen Sinne etwas äußerst Unangenehmes wahr. Erdrückend viel Liebe lag da in der Luft. Verzweifelt versuchte er, nach schlechter Luft zu schnappen, doch wo er seine Nase auch hinsteckte, die Liebe war allgegenwärtig. Geschwächt von dieser überwältigenden Macht, dacht er im ersten Moment nur noch an Flucht. Die Liebe drohte, ihn schon versöhnlich zu stimmen, und mit Schrecken bemerkte er, wie ein schwaches, liebevolles Lächeln über seine zerfransten Lippen huschte. Zutiefst schockiert über seine Verfehlung, meldete sich sein bösartiges Gehirn: „Ein echter von Grausam lächelt nicht. Solltest du versagen, wird dich deine bitterböse Frau Rabiata mit Zärtlichkeit bestrafen. Das möchtest du doch bestimmt nicht, oder doch?" „Nein, Nein, das habe ich nicht verdient," flehte er und gelobte hastig „Böserung." Alleine schon der Gedanke an die angedrohte Zärtlichkeit mobilisierte seine letzten Kräfte. Mit wüsten Flüchen tastete sich Brutalus nun immer näher an sein Ziel heran, doch die Liebe ließ sich nicht so einfach abschütteln und begleitete ihn auf ihre Art. Wohlige Wärme und der Duft von frischen Blüten drückten ihn mit voller Kraft zu Boden, und entsetzt spürte er, wie seine Lippen abermals lächeln wollten, doch dieses Mal sollte es ihnen nicht gelingen. Mit voller Wucht schlug er mit einem Knüppel so lange auf seine Finger, bis er sie vor Schmerzen nicht mehr spüren konnte. Um sich von dem betörenden Duft frischer Blüten abzulenken, steckte er seine empfindliche Nase unter seine übel riechenden Achseln. So erreichte er endlich gegen Mitternacht das Ziel seiner hinterhältigen Mission.

Es war eine laue Sommernacht, und Lilly hatte das Schlafzimmerfenster weit offen stehen lassen. Vorsichtig strecke er seinen Riechkolben durch das Fenster und zuckte angewidert zusammen. Schon begannen seine Adern unkontrolliert zu pulsieren, und dieser vertraute Würgereiz ließ keine Zweifel aufkommen. Wie er diesen Duft doch hasste, nein hassen war nicht der richtige Ausdruck, er hatte ja als Schriftsteller so manches bitterböse Wort kreiert, doch hierfür fiel ihm einfach nichts Passendes ein. Es ärgerte ihn maßlos, denn er liebte die Jagd und hatte nicht damit gerechnet, ein leichtes Spiel zu haben. Mit einem leisen Knacken spannte er zitternd die Sehne seiner Armbrust und zielte auf den wehrlosen Schatten im Drachenbett. Ein hämisches Grinsen huschte über sein hässliches Gesicht, und vor Erregung sabberte er dabei auf die Fensterbank. Zu früh gefreut, denn schon wieder kam ihm die aufdringliche Liebe bedrohlich nah und versuchte, seine finsteren Pläne zu durchkreuzen. Dieses Mal war es eine liebevolle Stimme, die ihn wie ein Blitz traf: „Die Bösen von heute werden die Lieben von morgen sein, mein lieber Brutalus von Grausam, und du wirst es bald erleben." „Was für ein dummes Liebesgeschwätz," zischte er leise. Dann fuchtelte er wild mit seiner Armbrust umher, bereit, die Liebe für immer zum Schweigen zu bringen, doch wo er auch seine tödliche Waffe hinrichtete, die Liebe war überall und nirgends zugleich. Irritiert und verunsichert nahm er nun wieder den Drachen in sein Visier. Ein letztes Mal schickte die Liebe wohlige Wärme und Blütenduft. Zu spät!

Lautlos löste sich der Todesbote und erreichte peitschend sein argloses Opfer. Wieder einmal war er von der Wirksamkeit seiner tödlichen Waffe fasziniert. Umständlich zwängte er sich durch das Fenster und beäugte mit etwas Geruchsabstand den toten Drachen. „Eine wahrhaft bitterböse Tat," griente er zufrieden vor sich hin, und nun musste er nur noch dieses verdammte Buch finden. Systematisch durchsuchte er jeden Winkel der Drachenhöhle, jedoch aus Ekel vermied er es, sich dem toten Drachen zu nähern. „Hoffentlich hat die Alte den Schmöker nicht unter dem Bett versteckt," ging es ihm durch seinen kahlen Schädel, denn so viel Nähe hätte er bestimmt nicht mehr verkraftet. Nachdem Brutalus gierig eine schwere Eichentruhe aufgehebelt hatte, hielt er es endlich in seinen eiskalten Händen, die vor Erregung zitterten. „Was für eine bitterböse Nacht" hörte er sich triumphieren. Nun öffnete er einen großen Kanister mit Lampenöl, übergoss genüsslich sein meist gehasstes Buch und zündete es feierlich an. „Die goldenen Regeln für ewige Liebe und Glück sind Vergangenheit. Das Böse wird nun für immer die Welt beherrschen," frohlockte er. Lange ergötzte sich Brutalus an dem Spiel der züngelnden Flammen, und als nur noch ein wenig Asche übrig war, übergoss er die Möbel mit dem Öl, legte geschickt ein Feuer, rettete sich mit einem gewagten Sprung durch das Fenster und entschwand lautlos in die finstere Nacht.

Die Flammen vernichteten fast alle Spuren und erweckten den Anschein eines gewöhnlichen Drachenhöhlenbrandes. Als endlich die Löschdrachen anrückten, lag die gesamte Einrichtung bereits in Schutt und Asche. Die einzige Erinnerung, die von den Flammen nicht verschlungen wurde, war Lillys grüner Smaragdring, den ihr Pfefferkorn als Zeichen ewiger Liebe geschenkt hatte. Brutalus war sehr zufrieden mit seiner Arbeit und sah mit extrem finsterer Miene der versprochenen Ernennung zum „Bösen des Jahres" entgegen. Eine sehr attraktive Auszeichnung, die ihm eine vielversprechende Karriere im Rat der „Bösen Mächte" eröffnen sollte. Darüber hinaus war er sehr erleichtert, den verhassten Streicheleinheiten seiner bitterbösen Frau Rabiata noch einmal entgangen zu sein.

HERR DER LÜFTE

Pfefferkorn verweilte zu dieser Zeit noch immer völlig ahnungslos im fernen Dragotonien. Der kleine chinesische Gesundheitsdrache hatte ihm tatsächlich innerhalb von drei Wochen, alle Laster gründlich ausgetrieben und ihn somit überhaupt erst in die Lage versetzt, die erforderliche Kondition aufzubauen.

Oh, wie gerne hätte er diesem strengen, gelben Drachenwicht, in diesen qualvollen Zeiten, mit seinem Feuer die abstehenden Ohren geröstet, doch andererseits konnte er es nun wagen, den lang ersehnten Heimflug anzutreten. Was für eine Herausforderung?

Gestärkt durch die verordnete Drachendiät und sportlich ertüchtigt, stand er mit dem stolzen Blick eines Siegers, jedoch mit schlotternden Knien, auf einem mächtigen Felsvorsprung. Seine Nervosität war nicht ganz unbegründet, denn trotz der absolvierten Flugübungen, fühlte er sich noch nicht voll flugtauglich und am Ende der Startbahn lag eine tausend Meter tiefe Schlucht. Um den lebenswichtigen Auftrieb zu erlangen, hatte er seine mächtigen Flügel straff angespannt und gegen den warmen Sommerwind gerichtet. Seine zugekniffenen Augen richteten sich nun auf den Kontrollturm, denn dort saß ein verbeamteter, uniformierter Lotsendrache, der mit verträumtem Blick den angrenzenden Luftraum überwachte. Am Horizont tauchte plötzlich ein dunkler Schatten auf, und mit Schrecken musste er feststellen, dass der Schatten immer größer wurde und direkt auf ihn zusteuerte. „Zur Drachenhölle", hörte er sich fluchen. „Das ist ja tatsächlich einer dieser aufgeblasenen Drago-Liner. Ein wahres Luftmonster mit Tragflächen, so groß wie meine Höhle." Noch bevor er sich ducken konnte, wurde er von einem gewaltigen Sog mitgerissen. Taumelnd stürzte er zu Boden und nahm, umhüllt von einer Staubwolke, nur noch das ohrenbetäubende

Quietschen der Fußbremsen wahr. Sichtlich angesäuert, richtet er sich langsam auf und nahm schwankend wieder seine Startposition ein. „Diese arroganten, rücksichtslosen Großraumblindflieger, eine Schande für den Luftverkehr," fluchte er laut und schickte zur Verdeutlichung seiner Worte sogleich einen grellen Feuerstrahl hinterher.

Endlich kam nun die ersehnte Startfreigabe. Der Fluglotsendrache spuckte grünes Startfeuer, Pfefferkorn brachte sich mit angespannten Muskeln in Starthaltung und galoppierte mit lautem Gebrüll über die Startbahn. Noch hundert Meter bis zur Felsenkante, noch fünfzig Meter… Jetzt legte er noch einen gehörigen Drachenzahn zu und stellte seine Flügel steiler in den Wind, doch im ungleichen Kampf, gegen die Gesetze der Erdanziehung, spürte er noch immer festen Boden unter seinen Füßen. Seine Muskeln schmerzten unerträglich, aber an einen Abbruch war nun nicht mehr zu denken. Wild schnaubend, den Tod im Auge, stürzte er sich mit weit ausgebreiteten Flügeln hinunter in die tiefe Schlucht. Glücklicherweise war ein Aufwind gerade im richtigen Augenblick zur Stelle. Getragen von der Kraft des Windes, konnte er seine Lage halbwegs stabilisieren. Noch immer war sein Gewicht mehr als hinderlich, dennoch gelang es ihm, sich mit viel Kraftaufwand in der Luft zu halten und an Höhe zu gewinnen. Nach kurzer Zeit steuerte er, stark schwankend, die Landebahn an und setzte mit einem dumpfen Donnerschlag äußerst unsanft auf. Ehrlich gesagt, wäre ihm ein Misthaufen lieber gewesen. Völlig erschöpft, unendlich glücklich und mit einem Siegeslächeln auf den Lippen, blickte er über den weiten Horizont. Dann richtete er sich stolz auf und brüllte mit all seiner Kraft: „Ich kann wieder flieeeeeeeeegen!" Nach und nach gelang es ihm, seinen Flugstil zu verbessern. Die großspurigen Drago-Liner hatten ihn inzwischen in ihr Herz geschlossen, und auch er musste sich etwas beschämt eingestehen, dass er von den ehemals verhassten Großraumblindfliegern viel gelernt hatte. Sie wiederum waren beeindruckt von seiner Wendigkeit und bewunderten ihn für seinen Mut und seine Ausdauer. Nach unzähligen erfolgreichen Starts und Landungen erhielt er endlich, vom Luftsportdrachenverband, die lang ersehnte Fluglizenz für Langstreckenflüge zurück. Er wollte damit Lilly überraschen und zweifelte keine Sekunde, dass ihm dies nicht gelingen würde.

Bereit, zum lang ersehnten Heimflug, stand er in der Morgendämmerung voller Freude auf dem mächtigen Felsvorsprung. Mit einem dröhnenden „Lilly, ich komme geflogen," stürzte er sich gekonnt hinunter. Alle Drago-Liner waren gekommen und applaudierten zum Abschied mit ihren Flügeln. Nach ein paar sportlichen Flugmanövern verschwand er in der unendlichen Weite des Horizontes.

Die Reise nach Hause war ein wahrer Genuss, denn unter ihm erstreckten sich blühende Landschaften, schroffe Felsen und reißende Flüsse. Um sich zu erholen, badete er in kühlen Gebirgsseen und legte sich zum Sonnen in weiches Drachenmoos, hatte er ja noch einige Dinomeilen vor sich.

Mit geschlossenen Augen dachte er an seine beschwerliche Anreise und an die sinnlosen Besäufnisse in den schummrigen Drachenbars. Auch wenn er keine 700 Jahre mehr alt war, so hatte sein Körper sich merklich verjüngt. Er strotzte gerade so vor Kraft. Voller Liebe und Sehnsucht dachte er an Lilly und konnte es kaum erwarten, sie endlich wieder in seine Arme zu schließen. Während des Fluges trällerte er alte Drachenlieder, und wenn ihm ein Artgenosse begegnete, erzählte er, wie früher, lustige Menschenwitze. Bereits nach dem dritten Tag konnte er den Drachenbadesee erkennen und das Haus von Sueleh am Rande des Schwarzen Waldes. Er war versucht, bei ihr zu landen, um mit ihr seine Mission zu besprechen, doch sein Herz entschied sich dafür, weiterzufliegen, denn die Sehnsucht nach Lilly war stärker als nie zuvor. Kurze Zeit später erkannte er seine Weinberge an den gereiften Trauben, die wie Rubine in der Sonne leuchteten. Im Sichtflug näherte er sich der verwilderten Landebahn, setzte gekonnt die Fußbremsen ein und kam unmittelbar zum Stehen. Entspannt hüpfte er wie ein junger Dino durch das hohe Gras, vorbei an der schiefen Dracheneiche, ein Stück am Fluss entlang, über die alte Holzbrücke, und schon hatte er mit klopfendem Herzen sein Ziel erreicht.

Als er sich seiner Höhle näherte, vernahm seine feine Nase einen Hauch von diesem unheilvollen Brandgeruch. Dieser Geruch war ihm keineswegs fremd, war er doch in seiner Jugend, bevor er sein Talent als Feuerspucker entdeckte, als ehrenamtlicher Löschdrache tätig. Fassungslos stand er am Eingang seiner Höhle. Die einst hell leuchtenden Felswände waren tief geschwärzt, vom Rauch, und als er eintrat, stand er in einem dunklen, fremdartigen Raum. Er wollte nach Lilly rufen, doch seine sonst so kraftvolle Stimme versagte. Sein flehender Blick schweifte suchend von Wand zu Wand. „Lilly, wo um Himmelswillen bist du?", brach es bettelnd aus ihm heraus. Doch als Antwort hörte er nur sein eigenes gespenstisches Echo. Der Boden war mit Asche bedeckt. Er beugte sich langsam hinunter und ließ die noch warme Asche durch seine zitternden Hände rieseln. Sein ganzes Leben schien dabei wie Asche im Wind zu verwehen. Er tat das immer wieder, bis ein kleines Metallteil mit einem gravierten „B" zwischen seinen zitternden Fingern hängen blieb. Er konnte damit wirklich nichts anfangen und ließ es gleichgültig fallen. Plötzlich spürte er mitten im Herzen einen tiefen, dumpfen Schmerz und dicke Tränen schossen über seine Wangen. Verzweifelt, nach Luft ringend, schleppte er sich hinaus in das Tageslicht, und die grelle Sonne begann unbarmherzig in seinen feuchten Augen zu brennen. Niedergeschlagen kauerte sich Fridolin vor seiner einst so prächtigen Höhle zusammen und fiel in einen ohmachtähnlichen Schlaf.

Als er frierend im Morgengrauen erwachte, wurde es ihm zum ersten Mal bewusst. Er hatte wohl alles verloren! In der allerletzten Hoffnung, dass Lilly doch überlebt haben könnte, schleppte sich Fridolin zur nächsten Drachensiedlung. Ein Weg zwischen Hoffnung und Verzweiflung; der schwerste Weg seines Lebens. Am Ziel angekommen nahm er, mit gesenktem Kopf, den direkten Weg zum Haus der Löschdrachen. So übersah er die große Drachenfahne auf dem Turm, die verloren auf Halbmast im Wind wehte. Kein gutes Zeichen!

Florian, der Oberlöschdrache, kam ihm schon mit offenen Flügeln entgegen und wortlos fielen sich die alten Freunde in die Arme. Fridolin blicke Florian fragend an, doch als dieser mit traurigem Blick langsam sein Haupt senkte, war die schlimme Vorahnung Gewissheit geworden. Für Lilly war jede Hilfe zu spät gekommen. So standen die Freunde eng umschlungen da. Hilflos, erschüttert und voller Trauer. Jedes Wort wäre in diesem Moment zu viel gewesen. Mit der Zeit lösten sie die Umarmung und schauten sich tief in die Augen. Florian lud Fridolin zu sich nach Hause ein, doch er wollte lieber alleine bleiben. Fragend blickte er hoch zum Drachenhimmel, als ob er sie dort sehen könnte. Florian überreichte ihm zum Abschied den grünen Smaragdring; alles, was ihm von seiner lieben Lilly geblieben war. Was für ein Trost! Ohne Ziel taumelte er hinaus in die Wälder, bereit, seinem Leben ein Ende zu machen. Unter der alten schiefen Eiche fiel er in einen tiefen Schlaf. In seinen Träumen erlebte er nochmals die wunderbare Zeit mit Lilly. Am Ende des Traumes erschien sie ihm zum letzten Mal und sprach: „Ich habe dich immer geliebt und danke dir für die wunderschöne Zeit. Sei nicht traurig und löse nun dein Versprechen ein. Die Drachen und die Menschen brauchen dringend deine Hilfe." Als sie entschwand, erwachte er und rieb sich seine verweinten Augen. Er versuchte, seine Gedanken zu ordnen. „Was machte das Leben denn noch für einen Sinn?" Natürlich hatte er dem Rat der Drachen sein Drachenwort gegeben, doch ohne Lilly fehlte ihm die Kraft. Die Bedrohung, durch die Bösen Mächte, war für ihn einfach nicht mehr wichtig. „Wofür lohnt es sich denn noch, die Liebe zu verteidigen, wenn ich sie verloren habe?" brach es aus ihm heraus. Doch dann dachte er bestürzt an Rahleh und Rehleh, die ihn so sehr mochten und liebevoll Onkel Pfefferkörnchen nannten. Wer sollte sie vor den bitterbösen Kobolden beschützen? „Ich empfinde für sie, als wären es meine eigenen Kinder." Je länger er nachdachte, desto klarer wurde ihm, dass er für die Liebe kämpfen müsse.

So machte er sich auf den beschwerlichen Weg zu Sueleh. An fliegen war wirklich nicht zu denken, und so schleppte er sich kraftlos durch die dunklen Wälder. Am Rande des Schwarzen Waldes angekommen, erreichte er den großen Drachenbadesee, setzte sich an das Ufer und betrachtete wehmütig die Drachen- und Menschenkinder, wie sie gemeinsam mit bunten Bällen spielten und ausgelassene Wasserschlachten machten. Wie glücklich sie doch waren. Wenn das doch nur auf der ganzen Welt so wäre, es wäre das Paradies auf Erden. In der Ferne erkannte er die beiden Menschenkinder von Sueleh. Er winkte ihnen zu, und als Rahleh und Rehleh auf ihn aufmerksam wurden, stürmten sie ausgelassen zu ihm hin. Ehe er sich versah, wurde er mit einem Freudentanz umringt.

„Lieber Drache Fridolin,
lass uns tanzen her und hin.
Singen, springen, lustig sein,
alle zusammen, groß und klein,"

sangen die Mädchen aus voller Kehle. Gerührt begrüßte er die beiden jungen Menschendamen und nahm sie vorsichtig auf den Arm. Das mochten die beiden besonders gerne, denn von da oben konnten sie den ganzen See überblicken. Kichernd schmiegten sie sich an ihn, und Fridolin spürte, wie es ihm ganz warm um sein Herz wurde. Nun begannen die Mädchen, seine Brust zu kraulen. Da war er besonders kitzelig, und das wussten die Zwei ganz genau. Am Anfang gelang es ihm, sich noch zu beherrschen, doch mit vereinten Kräften schafften sie es. Wie ein wildes Känguru hüpfte er über die Wiese. Die zwei kitzelten ihn immer heftiger, und seine Sätze wurden größer und größer. So mochten sie ihn am liebsten, und hätten ihn nicht seine Kräfte verlassen, würde er wahrscheinlich heute noch immer umher hüpfen. Für eine kurze Zeit konnte Fridolin seinen Schmerz vergessen, und als er sich müde ins Gras fallen lies, flitzten die beiden in Richtung des Hauses. Doch plötzlich hielt Rahleh inne, kehrte zurück, nahm seine große Drachenhand und sprach mit piepsender Stimme: „Komm mit, Onkel Pfefferkörnchen, wir haben eine Überraschung für dich." Etwas unsicher ließ er sich auf die andere Seite des Sees lotsen. Was für eine Überraschung! Auf der Lichtung konnte er die strahlende Sueleh erkennen. Auch wenn Drachenmänner andere Maßstäbe anlegten, so war er immer wieder von ihrer herrlichen Ausstrahlung angetan. Leicht gebräunt, mit schulterlangen, gelockten Haaren und einem modischen Badegewand zog sie eben nicht nur Menschenmännerblicke auf sich. Sueleh war sofort aufgefallen, dass er mächtig abgespeckt hatte. Sein leerer, trauriger Bick passte jedoch überhaupt nicht zu seiner neuen Figur. Mit offenen Armen kam sie ihm entgegen und begrüßte ihn herzlich. „Ja hallo, mein lieber Drache Pfefferkorn. Was für eine große Überraschung, dich hier zu treffen. Ich habe gehört, dass du lange Zeit auf Reisen warst! Komm und erzähl mir, was du im fernen Dragotonien erlebt hast." Pfefferkorn dachte weniger an die Reise, sondern vielmehr, wie er Sueleh beibringen sollte, dass Lilly bereits im Drachenhimmel war. Irgendwie fand er nicht den Mut, es ihr sofort zu sagen, und begann etwas stockend von seiner langen Reise zu erzählen. Sueleh hörte aufmerksam zu und lobte ihn für seinen Entschluss, mit dem Rauchen und Trinken aufzuhören. Fasziniert lauschte sie seinen Schilderungen über das Fliegen und dachte dabei, dass Menschen so eine tolle Leistung aus eigener Kraft nie vollbringen würden. Dann sprach er vorsichtig die Mission an, und die kleinen Augen von Sueleh begannen zu funkeln: „Eine wahrhaftig kluge Entscheidung," bemerkte sie zustimmend. Als Pfefferkorn ihr dann eröffnete, dass sie beide vom Rat der Drachen auserwählt wurden, schnürte es ihr doch ein wenig die Kehle zu. Natürlich war sie mächtig stolz auf ihre kleine Menschen – Drachenschule, doch diese Schulen auf der ganzen Welt zu verbreiten, erschien ihr im Moment etwas zu weit gesponnen. Neugierig, mehr zu erfahren, lud sie Pfefferkorn spontan zum Abendessen ein. Etwas verunsichert nahm er die freundliche Einladung dankend an, denn im Trubel der Ereignisse hatte er in den letzten Tagen das Essen einfach vergessen; sein Magen knurrte nun unüberhörbar. Bedrückt wurde ihm jedoch auch klar, dass er die leidige Pflicht hatte, Sueleh am Abend endlich über den Tod ihrer besten Freundin zu informieren. Mit einer kurzen Umarmung verabschiedeten sich die beiden, um sich am Abend wieder zu treffen. Irgendwie fand Pfefferkorn es ungewöhnlich, dass Sueleh sich nicht nach Lilly erkundigt hatte. Normalerweise wurden sie ja immer gemeinsam eingeladen. Da es sich allerdings eher um ein Arbeitsessen handelte, machte er sich keine weiteren Gedanken.

Pünktlich zum Sonnenuntergang läutete er an der Tür. Pfefferkorn musste sich beim Eintreten etwas bücken, denn die Menschenhäuser waren nicht für Drachen seiner Gestalt gebaut. Schon einmal hatte er alkoholisiert seinen Schädel am Türrahmen angedonnert. Nicht, dass es ihm wehgetan hätte, doch die eingestürzte Wand musste danach neu errichtet werden. Um den Schaden zu beheben, hatte Fridolin den schwarzen Baudrachen Edgar von Porotonien verpflichtet. Ein etwas derber, aber herzlicher Zeitgenosse. Edgar war ein guter, fleißiger Handwerker, der sein Geld keiner Drachenbank anvertraute, sondern lieber sicher unter seinem Kopfkissen verwahrte.

Etwas beklommen betrachtete er die leckeren Speisen und Kerzen, sie erinnerten ihn schmerzhaft an die wundervollen Nächte mit Lilly. Sueleh servierte zur Feier des Tages Fridolins edlen Drachenwein, den er ihr zum 40. Geburtstag geschenkt hatte. Voller Wehmut lauschte er dem Kichern der beiden süßen Menschenkinder und dachte daran, wie gerne Lilly und er doch selbst Kinder gehabt hätten. Das Essen war wie immer vorzüglich, doch er hatte größte Mühe, überhaupt einen Bissen herunter zu bekommen. Nach dem Essen verabschiedeten sich die Mädchen mit einem dicken Kuss, denn es war längst Zeit, Schlafen zu gehen. Während Sueleh die Kinder zu Bett brachte, saß Fridolin betrübt auf der Terrasse und überlegte hin und her, wie er nun Sueleh die traurige Botschaft überbringen sollte. Als er regungslos mit geschlossenen Augen da saß, hörte er plötzlich aus der Ferne eine sehr vertraute Stimme: „Pfefferkörnchen, ich bin so stolz auf dich, dass du gemeinsam mit Sueleh dein Versprechen einlösen wirst. Auch wir werden euch unterstützen." Als er vorsichtig die Augen öffnete, konnte er nicht glauben was er sah und machte sie schnell noch einmal zu. Zur Kontrolle, ob es doch nur ein Traum sei, öffnete und schloss er dreimal hintereinander die Augen. Mit einem süßen Drachenbaby auf dem Arm, stand Lilly leibhaftig vor ihm. Wie vom Drachendonner gerührt, sprang er auf. Ungläubig kam er ihnen in kleinen Schritten vorsichtig näher, und Lilly musste ein wenig kichern. „Du brauchst dich nicht vor ihm zu fürchten, denn er hat noch keine Zähne im Mund," sprach sie und lächelte ihn an.

Das war selbst für den stärksten Drachen zu viel. Plötzlich begann sich alles um ihn zu drehen und mit einem lauten Knall landete er rücklings auf dem Boden. Ganz nah setzte sich Lilly zu ihm und streichelte ihm lie-

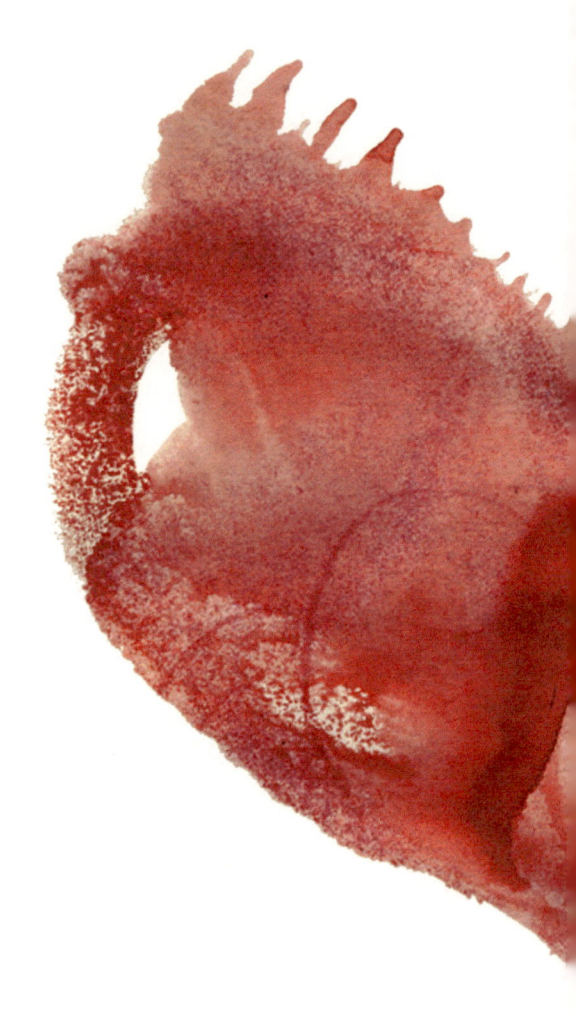

bevoll über seine erröteten Wangen. Dann nahm sie das kleine Drachenbaby und legte es ihrem Mann behutsam in die Arme. Sueleh, die inzwischen dazu gekommen war, schob ihm ein weiches Kissen unter seinen dicken Kopf und breitete die kuschelige Drachendecke über ihnen aus, so dass der Kleine es auch angenehm warm hatte. Lilly nahm seine Hand und spürte diese vertraute Nähe, so wie früher. Vorsichtig öffnete er einen kleinen Spalt die Augen, und sie begann leise zu sprechen: „Mein liebes Pfefferkörnchen," hörte er sie sagen, „als du damals nach Dragotonien gereist bist, war ich sehr traurig und verzweifelt. Ich fühlte mich einfach nicht mehr geliebt. Kannst du das verstehen? So habe ich Siegfried kennengelernt. Ja, ich weiß, ich hätte nicht zum Liebesfelsen gehen sollen, aber hinterher ist man ja immer viel schlauer." Lilly spürte, wie er ihre Hand fester drückte. „Ich habe es sehr bereut und möchte dir sagen, dass ich nur dich liebe." Nun schmiegte sie sich eng an ihn und schaute ihm tief in seine dunklen Augen: „Weil ich so einsam und verzweifelt war, hatte Sueleh mir angeboten, bei ihr zu wohnen." Dann holte sie tief Luft, nahm all ihren Mut zusammen und stammelte: „Ja und …, ja und gestern ist hier unser Sohn Dragobert zur Welt gekommen." Immer wieder hatte sie sich gefragt, wie sie ihm das alles erklären sollte, und nun war es vollbracht. Sie hatte es einfach gesagt, wie es war, und spürte sogar ein wenig Stolz. Dragobert quittierte ihre Worte mit einem friedlichen glucksen. Fridolin richtete seinen Kopf auf und stammelte: „Ich war mir sicher, du seist tot. Als ich zurückkehrte, fand ich unsere Höhle völlig ausgebrannt vor." Lilly schaute ihn mit ihren großen, grünen Augen an und schüttelte heftig ihren süßen Kopf. „Das kann doch nicht sein, als ich wegging, war doch alles in bester Ordnung. Ich habe wie immer das Buch der Liebe mitgenommen und die Attrappe in die schwere Eichentruhe gelegt." Plötzlich blickte sie auf ihre rechte Hand. „Ach du heiliges Drachenfeuer, ich habe meinen grünen Smaragdring in der Höhle vergessen. Hoffentlich wurde er nicht gestohlen, denn in der Eile hatte ich vergessen, das Fenster zu schließen." Da öffnete Fridolin langsam seine Hand, der Ring funkelte wie am ersten Tag und ihre wunderschönen Augen spiegelten sich darin. Lilly zuckte beim Anblick des Rings zusammen, und ein Meer von Tränen schoss über ihre Wangen. „Kannst du mir meinen Fehler verzeihen?" Pfefferkörnchen nahm wortlos den Ring, steckte ihn vorsichtig an ihr rechtes Drachenhändchen und nahm sie ganz fest in den Arm. Nun hörte man ein herzzerreißendes Schluchzen, denn jetzt kamen auch ihm die Tränen. Es flossen dicke, grüne Glückstränen, die ein Drache nur einmal in seinem Leben vergießen kann. Als er sich etwas beruhigt hatte, schaute Lilly ihn fragend an: „Und was sagst du zu unserem kleinen Dragobert?" Fridolin streichelte etwas unbeholfen über das rosige Gesicht des Kleinen und strahlte: „Ich bin der glücklichste Drachen auf Erden." Noch lange lagen sie so da, erschöpft, überwältigt und unendlich glücklich, nun zu dritt vereint zu sein.

Am nächsten Tag entschloss sich Fridolin, den Höhlenbrand beim Rat der Drachen im fernen Dragotonien zu melden. Hermes, der Luftpostdrache mit den gelben Flügen, trompetete mit dicken Backen in sein verbeultes Horn und überbrachte Fridolins Botschaft im Express-Flug. Der Rat kam darauf hin zu einer außerordentlichen Sitzung zusammen. Aufgrund der mysteriösen Umstände, im Zusammenhang mit dem Höhlenbrand, wurde eine Sonderuntersuchung angeordnet. Unter der Leitung von Andi von Spürmichauf, dem Oberkriminaldrachen, sammelten sich die grün uniformierten Polizeidrachen vor der ausgebrannten Höhle. Als alle in Reih und Glied angetreten waren, spuckten sie erst einmal blaues Feuer, dann konnte die Arbeit beginnen.

Zunächst wurde die Höhle gründlich durchsucht. Sie durchkämmten jeden Winkel, doch leider erfolglos! Die Polizeidrachen betrachteten ihren Einsatz damit erst einmal als beendet und freuten sich schon auf einen amüsanten Nachmittag in der Drachenbar. Schon wollte sich der Erste leise davonschleichen, doch er kam nicht weit. „Stehenbleiben, du Drückeberger," fauchte Andi ihn an. „Ich glaube nicht, dass du eine Spur in der Kneipe findest." Mit gesenktem Kopf gingen sie unmotiviert wieder an die Arbeit. Da alles verbrannt war, konzentrierten sie sich nun auf die Asche, die haarklein durch ein Sieb gerüttelt werden musste. Eine staubige Angelegenheit, und schon nach kurzer Zeit waren die einst grünen Uniformen schwarz. Der Staub hatte sich in ihren Lungen festgesetzt, und man hörte sie laut husten keuchen und fluchen. Nun fingen die ersten Polizeidrachen an zu meutern."Wir sehen ja schon aus wie Schornsteinfeger-Drachen," beklagten sie sich lautstark. Doch Andi ging darauf in keiner Weise ein. Plötzlich brüllte er: "Aufhören!" und griff in die feinen Maschen des Siebes. Mit finsterer Miene hielt er ein kleines Metallteil in die Luft. Dann nahm er seine Lupe zur Hand, und nun konnte man genau sehen, wie sich seine Stirn runzelte. „Zur Drachenhölle, das ist die tödliche Pfeilspitze mit dem gravierten B", sprach er ohne jegliche Regung. Sofort holte ihn die Vergangenheit ein, denn schon all zu oft war er damit konfrontiert worden, und in keinem Fall hatte das Opfer überlebt. All das Leid der Angehörigen, die vielen unschuldigen Opfer… Ein Gefühl von Ohnmacht und Hilflosigkeit packte ihn. „Wann wird das endlich aufhören?" Nachdem das Beweismittel sichergestellt wurde, musste Lilly ein langes Verhör über sich ergehen lassen, und Andis gezielte Fragen waren ihr mehr als unangenehm. Vom Strohdrachen bis hin zu Siegfried beichtete sie alles, was geschehen war. Andi war wie besessen, den Fall lückenlos aufzuklären und arbeitete Tag und Nacht. Nachdem er alle Fakten und Hinweise wie ein Puzzlespiel zusammengefügt hatte, fiel es ihm wie Schuppen von den Augen.

Das Ergebnis war schockierend. Der halbblinde Brutalus musste wohl in seinem Mord-Wahn tatsächlich auf den Strohdrachen geschossen haben. Lilly konnte es kaum fassen, wie knapp sie dem sicheren Tod entgangen war. Genau genommen hatte ihr der Strohdrache das Leben gerettet. Vielen Dank Monetus von Reibach! Kurze Zeit später wurde die Presse auf den kleinen Dragobert aufmerksam. Ein kleiner Drachenjunge war im Haus einer Menschenfrau geboren. Eine echte Sensation! Wieder war es die „Drachenbild", die auf ihrer Titelseite berichtete, und Fridolin von Pfefferkorn ließ sich in diesem Fall allzu gerne von den Reportern ablichten. Rahleh und Rehleh hatten den Kleinen sofort in ihr Herz geschlossen, und keine Sekunde wichen sie von seiner Wiege. Lilly erwies sich als stolze Mutter und sorgte liebevoll dafür, dass der kleine Drago auch genug Milch bekam. Obwohl es im Haus etwas eng geworden war, genoss Sueleh die Anwesenheit der Drachenfamilie und wünschte sich insgeheim, dass es immer so bleiben möge.

Am Abend, wenn der Kleine eingeschlafen war, gab es jedoch noch ein anderes wichtiges Thema. Bei allem Glück hatten die Drachen ihre Mission nicht vergessen. Erste Ideen waren bereits diskutiert, und nun ging es darum, sorgfältig Schritt für Schritt zu planen und diese Pläne auch umzusetzen. So beschlossen sie, zunächst eine weitere Menschen-Drachenschule in der Pfalz zu errichten. Auch wenn es dort Verständigungsprobleme aufgrund des Dialektes gab, waren die Pfälzer doch gastfreundliche und liebenswerte Wesen. Fridolin war in seiner Jungend oft über den großen Fluss geflogen und hatte vor allem den Wein, die Geselligkeit und das üppige Essen in sehr guter Erinnerung behalten.

DIE ERNENNUNG ZUM „BÖSEN DES JAHRES"

*B*rutalus war inzwischen in das Reich des Bösen heimgekehrt und wurde dort zur Begrüßung mit den übelsten Worten beschimpft. Von diesem Tag hatte er schon unzählige Nächte schlecht geträumt, und nun war sein schlimmster Albtraum endlich in Erfüllung gegangen. „Die Ernennung zum „Bösen des Jahres."
Zu seiner Linken saß Frigitte von Unlust, eine widerwärtige Kreatur mit rauschendem Damenbart, die stolz darauf war, noch nie einen Tropfen Wasser auf ihrer ranzigen Haut gespürt zu haben. Zu seiner Rechten saß seine Gemahlin Rabiata von Beinhaar. Zur Feier des Tages hatte sie sich besonders hässlich gemacht. Ihr zerlumptes Kleid hatte viele Löcher, denn nur so kamen ihre behaarten Beine richtig gut zur Geltung. Ihre verfilzten Locken umrahmten ihr verbittertes Hexengesicht. Brutalus taxierte sie von oben bis unten und würdigte ihre angemessene Kleidung mit einem extrem finsteren Blick.
Gerne dachte er an vergangene, bitterböse Zeiten, denn gemeinsam durften sie auf viele stockfinstere Jahre zurückblicken. Ihre unendliche Gier nach schlechtem Sex,

die bösen Spiele, die sie sich ausdachte und ihn damit überraschte; schon allein der Gedanke daran machte ihn wild, wie einen bengalischen Tiger. Ohne Zweifel, früher war sie genau die Richtige für einen Bösen wie ihn, doch in letzter Zeit hatte sie äußerst merkwürdige Anwandlungen, die ihn mehr als verunsicherten. Versagte er, so bestrafte sie ihn mit Streicheleinheiten. Er musste sich nackt auf eine flauschige und gut riechende Decke legen. Dann streichelte sie ihn mit einer Hühnerfeder am ganzen Körper, gab ihm niedliche Tiernamen und sang in den höchsten Tönen schwülstige Liebesarien. Solche Liebesattacken waren für ihn die Höchststrafe. Beim letzten Mal wollte sie ihn dann noch mit geputzten Zähnen küssen, doch das ging ihm entschieden zu weit und so rettete er sich durch einen gewagten Sprung durch das Fenster in ein Rosenbeet. Im Moment war ihre Beziehung auf dem Tiefpunkt angelangt. Nein, an Trennung hatten die beiden bisher jedoch nie gedacht, dafür tausendmal an Mord. Doch dafür war im Moment keine Zeit, denn bitterböse Ereignisse warfen ihre pechschwarzen Schatten voraus.

So wie die Drachen das große Drachenfest der Liebe feiern, war die Ernennung zum „Bösen des Jahres" für die finsteren Gesellen das Ereignis schlechthin. Böse aus aller Welt machten sich fluchend auf den Weg, um dieser skurrilen Zeremonie beizuwohnen. Im Streit um die Sitzplätze gab es bereits vor Beginn blutige Nasen. Das gehörte einfach zu einer guten Veranstaltung dazu, und deshalb schlugen die Gäste erst einmal gehörig aufeinander ein. Im hoffungslos überfüllten Saal herrschte eine mörderische Stimmung, und es roch schon richtig gut schlecht. Um die Stimmung noch weiter anzuheizen, schleuderte der einäugige Saaldiener, mit lautem Gebrüll, tausende, rostige Reißnägel in die verwahrloste Menge. Sofort entbrannte eine wilde Schlacht, denn die kleinen Schmerzbringer waren mehr als begehrt und wurden immer wieder gerne dem Nebenmann oder der Nebenfrau auf den Stuhl gelegt – Was für eine Freude? Ein gelungener Auftakt für einen vielversprechenden Abend.

Doch plötzlich kehrte Ruhe ein. Begleitet von seinem niederträchtigen Gefolge und umhüllt von einer übel riechenden Duftwolke, schleppte sich Mordfried von Zwietracht auf die Bühne. Eine wahrhaft abscheuliche Kreatur mit fettigen, pechschwarzen Haaren bis zum Knie. Auf seinem Kopf thronte eine gammelige, rostige Krone, aus Drahtgeflecht. Standesgemäß war er in alte, von Ratten angefressene Lumpen gehüllt, die triefend an ihm herunterhingen. Als Ratsvorsitzender der Bösen Mächte, ließ er es sich nicht nehmen, die Zeremonie persönlich zu eröffnen.

In einer kurzen, beleidigenden Rede beschimpfte er Brutalus für seine Tat, nannte ihn einen feigen, hinterhältigen Drachenfrauenschänder und spuckte ihm in sein hässliches Warzengesicht. Brutalus bewahrte dabei stolz die Haltung und genoss jede Sekunde. Als dieser geendet hatte, warfen die Zuhörer vor Begeisterung mit Kieselsteinen nach ihrem Ratsvorsitzenden; eine Geste der ganz besonderen Art. Dann gehörte endlich dem „Bösen des Jahres" die Bühne ganz alleine. Fluchend verschmähte Brutalus die widerwärtigen Worte seines Vorredners. Zum Höhepunkt des Tages durfte er sich nun in aller Öffentlichkeit auf übelste Art selbst beleidigen. Eine sehr große Ehre für einen Bösen!

Hier war Brutalus von Grausam voll in seinem Element. Er nannte sich einen jämmerlichen Versager und schlug sich mit den eigenen Fäusten so lange in die Magengrube, bis er kein Wort mehr herausbrachte. Dann machte er eine lange, rhetorische Pause und blicke die Zuhörer strafend an. Dabei sabberte er wieder einmal auf den Boden, was mit Sicherheit nichts Gutes erwarten ließ. Im Saal stieg die Spannung bis ins Unerträgliche an. Nun begann er ganz leise mit seinen grausamen Schilderungen über die Ermordung der „Ollen Drachenkuh." Die Zuhörer, eine verrottete Bande von bitterbösen Kobolden, kauten, vor Erregung gebannt, an ihren langen schwarzen Fingernägeln. Rabiata saß in der zweiten Reihe und legte unauffällig rostige Reißnägel nach. Normalerweise hätte sie stolz auf ihn sein müssen, doch alles, was sie empfand, war Neid und Bitterkeit. Nein, in ihren Augen hatte er es nicht wirklich verdient, war er doch ein jämmerlicher Waschlappen, der seine wahrhaft bösen Zeiten längst hinter sich hatte. In Wirklichkeit war sie es, die diese Auszeichnung verdient hätte, denn sie alleine hatte ihn mit harten Strafen unermüdlich auf den richtigen Weg gebracht. Rabiata von Beinhaar war regelrecht von dem Gedanken besessen, als erste „Böse Frau des Jahres" in die Geschichte einzugehen und damit endlich ein deutliches Zeichen in Richtung Emanzipation zu setzen, doch resigniert musste sie sich eingestehen, dass ihre Zeit noch nicht gekommen war. So stärkte sie, wie so oft, ihrem Mann den Rücken, obwohl sie ihm viel lieber das Kreuz gebrochen hätte. Im Moment blieb ihr eben nichts anderes übrig, als über Brutalus indirekt Einfluss zu nehmen und einen günstigen Moment abzuwarten, um ihn zu stürzen. Im Grunde genommen konnte sie der Zukunft völlig gelassen entgegen sehen, denn ein heimlicher Verehrer höchsten Ranges, der ebenso im Saal weilte, war geradezu vernarrt in sie. Bisher war sie seinem bösartigen Verlangen mit kühler Distanz begegnet, und hatte so seine Gier enorm gesteigert. Im richtigen Moment würde sie sich seiner zwieträchtigen Bösartigkeit schon hingeben, daraus ihren eigenen Vorteil ziehen und dabei noch einen mörderischen Spaß empfinden.

Inzwischen war Brutalus am Ende seiner finsteren Rede angekommen, beleidigte sich selbst noch einmal gründlich, nannte seine Zuhörer eine übel stinkende Rattenbande, wünschte ihnen eine schwere Krankheit und alles erdenklich Böse. Die geladenen Gäste hatten so viel Gehässigkeit wirklich nicht erwartet. Jubelnd sprangen sie auf und schlugen sich gegenseitig, mit ihren verwarzten Händen, laut klatschend ins Gesicht. Eine extrem böse Art zu applaudieren, jedoch der besonderen Leistung des Brutalus von Grausam absolut angemessen. Nun heftete Mordfried von Zwietracht dem Bösen des Jahres den begehrten Orden an die Brust, ohrfeigte ihn noch einmal gründlich und, weil hinter jedem erfolgreichen Mann eine tüchtige Frau steht, wurde Rabiata an den Haaren auf die Bühne gezerrt. Als angemessene Geste überreichte ihr Mordfried einen wunderschönen Strauß Herbstzeitlosen.

Brutalus und Rabiata verbeugten sich gemeinsam, die Zuschauer warfen mit faulen Eiern, und mit einem verkorksten Trommelwirbel eröffnete die Bösenband nun den Tanzabend. Ohne Rücksicht auf Verluste, stürzten sich die missratenen Kobolde auf die Tanzfläche und, fern von Liebe und Glück, hallten laute, gellende Schreie und schräge Klänge durch die stockfinstere Nacht.

DER KLEINE FEUERSPUCKER

*D*ie Dracheneltern hatten sich inzwischen gut bei Sueleh eingelebt und kümmerten sich liebevoll um ihren Nachwuchs. Dragobert machte bereits erste Schwimmübungen im See und entwickelte sich prächtig. Er war ein wahrer Sonnenschein und hatte ein unbeschwertes Leben, umgeben von liebevollen Wesen, die sich gerne mit ihm beschäftigten. Gelehrig, lustig und vor allem neugierig machte er seine ersten Erfahrungen in seinem jungen Drachenleben. Als Rahleh und Rehleh am Morgen in der Schule waren, krabbelte er leise aus seinem Drachenbettchen und erkundete unbeobachtet das Haus. In kleinen, unsicheren Schritten tapste er über den Fußboden und strecke dabei neugierig seine spitze Nase aus. Er hatte ganz genau beobachtet, wie die Mädchen das Treppengeländer herunterrutschten. „Das könnte lustig werden," kam es ihm in den Sinn und schon machte er sich daran, den oberen Treppenpfosten zu erklimmen. Oben angekommen, legte er sich auf den Handlauf, streckte erst einmal lässig seine Arme und Beine aus und genehmigte sich eine kurze Verschnaufpause. Auf dem Bauch robbte er nun in Startposition, und legte die Ohren an. Dann peilte er mit zugekniffenen, schwarzen Knopfaugen die Strecke. „Los!" rief er entzückt, und schon nahm er langsam Fahrt auf. Plötzlich wurde aus der gemütlichen Fahrt ein berauschender Flug. Wie ein Blitz schoss Dragobert hinunter in die Tiefe.

Im Geschwindigkeitsrausch spürte er den Fahrtwind in seinem rosigen Gesicht und ein noch nie da gewesenes Glückgefühl. In hohem Bogen flog er über das Ende des Handlaufes hinaus, denn an bremsen hatte er nicht gedacht. Seine Fahrt endete unsanft, aber unbeschadet. Etwas benommen fand er sich in einem Wirrwarr von Fäden, Wolle und Knöpfen wieder. Sein erster Flug hatte ein glückliches Ende in Suelehs Nähkorb genommen.

Zunächst blieb Dragobert erst einmal dort liegen, um sich etwas zu sammeln, doch es dauerte nicht lange, und schon kam ihm eine neue Idee. Heimlich hatte er seinen Vater dabei beobachtet, wie er die besonders scharfen Pfefferkörner aus der Dose nahm und genüsslich verschlang. Auf dem Küchentisch entdeckte er die geheimnisvolle Dose, und sofort fingen seine kleinen schwarzen Augen gierig an zu leuchten. Nach dem dritten Anlauf hatte er es endlich geschafft, auf den Stuhl zu klettern. Er versuchte nun, mit seinen kleinen Drachenhändchen, das Objekt seiner kindlichen Begierde zu greifen. Dem Ziel nahe, kippte er nach vorne und stürzte mit der Dose klatschend auf den harten Fußboden. Dabei öffnete sich der Deckel, und tausende von feuerroten Pfefferkörnern prasselten auf ihn nieder. Als Dragobert sich vom ersten Schreck erholt hatte, schaute er sich die Körner etwas genauer an. Irgendwie sahen sie alle gleich aus. „Ich kann gar nicht verstehen, warum mein Vater dieses Zeug so toll findet," dachte er. Seine kleine spitze Nase beschnupperte die Körner nun intensiv. „Nein, am Geruch konnte es nicht liegen, da roch die Drachenmilch viel besser, " stellte er eindeutig fest. Immerhin hatte Dragobert bereits zwei Zähne und so kam ihm eine neue Idee. Vorsichtig klemmte er eine kleine rote Pfefferkugel zwischen seine spitzen Zähne, auf die er besonders stolz war. Zuerst folgte ein leises Knacken, doch plötzlich durchfuhr ihn ein brennender Schmerz. Eine lodernde Stichflamme schoss aus seinem

Mund und setzte die herunterhängende Tischdecke in Brand. Erstarrt vor Schreck, sah er, wie plötzlich der ganze Tisch brannte. Nun war Flucht angesagt. Instinktiv rannte er davon und fand sich zitternd in den Armen seiner Mutter wieder. Sueleh, die gerade vom See kam, erkannte die Situation sofort und stürmte beherzt in das Haus. Sekunden später gab es plötzlich einen dumpfen Knall, der sich mit dem Klirren von zerberstendem Glas vermischte. Lilly und Dragobert sahen den brennenden Tisch durch das geschlossene Küchenfenster fliegen. Um es ungeschehen zu machen, hielt sich Dragobert einfach schnell die Augen zu. Erleichtert sah Lilly ihre Freundin aus dem Haus kommen. Sie nahm den kleinen Feuerspucker vorsichtig auf den Arm und sagte leise: „Dein Drachenschutzengel hat einen Kuss verdient." Dragobert blinzelte verlegen zwischen seinen Händchen hervor und gab Sueleh einen feuchten Drachenschmatz. Erst dann bemerkte er, dass er sich beim ersten Feuerspucken gehörig die Lippen verbrannt hatte.

EINE BOTSCHAFT MIT FOLGEN

*B*rutalus schloss gerade das verschimmelte Fenster, damit die schlechte Luft nicht entweichen konnte. Als er sich umdrehte, kam Rabiata die Tür herein und drückte ihm mit einem zuckersüßen Lächeln einen vergilbten Briefumschlag in die Hand. „Post für dich, du Versager," himmelte sie ihn an und zeigte ihm dabei ihre frisch geputzten Zähne. Er zuckte vor Schreck zusammen und wollte noch um Gnade bitten, doch bevor er sie beschwichtigen konnte, verschwand sie, so schnell wie sie gekommen war, und warf ihm zum Abschied eine Kusshand zu. Solche Attacken von Rabiata hasste er noch mehr, als alle Drachen auf der Welt. All seine Verfehlungen gingen ihm wieder einmal durch seinen kahlen Schädel. „Was habe ich denn Gutes getan, dass mich meine Frau so mit Liebe bestrafen möchte?" Mit Unbehagen nahm er seine schwarzen Fingernägel zur Hilfe und öffnete den vergilbten Umschlag. Unsicher fingerte er darin herum und grabschte ungeschickt nach dem Inhalt. Es war ein Zeitungsausschnitt, den er mit Mühe zu fassen bekam. Auf dem Foto konnte er undeutlich eine glückliche Drachenfamilie erkennen, was an sich schon ärgerlich genug war. Er holte seine alte staubige Lupe aus dem Schreibtisch und begann langsam zu lesen:

„Die stolzen Eltern Fridolin von Pfefferkorn und Lilly von Funkelstein geben die Geburt ihres ersten Sohnes Dragobert bekannt."

Wie vom Donner gerührt, hüpfte er schäumend vor Wut über seinen Schreibtisch, ohne dabei die harte Landung zu bedenken. Zu spät! Voller Wucht knallte er mit seinem Hintern auf den harten Steinboden, was ihn etwas besänftigte. Noch einmal grabschte er nach seiner Lupe und schüttelte so heftig seinen Kopf, dass seine Schweinsohren bedrohlich vibrierten. „Das ist doch tatsächlich diese „Olle Drachenkuh," schrie er wie ein Besessener. Das grüne Schlangengift in seinen Adern fing an, wie wild zu pochen. „Ich habe sie selbst erschossen und was sehen meine blutrünstigen Augen," zischte er. Dann ging er entrüstet zum Waffenschrank, nahm seine Armbrust und biss wutentbrannt die Sehne durch. Das war jedoch nur die erste Rache. Was nun folgte, sollte alles Böse übertreffen, was es bisher auf der Erde gegeben hatte.

DAS GROSSE FEST AM DRACHENBADESEE

Viele Drachen und Menschen aus nah und fern waren gekommen, um mit der glücklichen Familie am Drachenbadesee zu feiern. Es gab gleich mehrere Gründe. Zum einen der mutige Einsatz der Löschdrachen sowie ihre Hilfe beim Wiederaufbau der Drachenhöhle, und zum anderen... Dragobert feierte seinen ersten Geburtstag. Sueleh und Lilly hatten unzählige Schwarzwälder Drachentorten gebacken, für Fridolin natürlich einen Pfefferkornkuchen. Zur Feier des Tages floss der edle Drachenburgunder in rauen Mengen, und eine groovige Drachenband spielte auf der Seebühne. Jurassica kam wie üblich zu spät, doch dafür hatte sie einen exotischen, afrikanischen Buschdrachen mit Nasenring im Schlepptau. Rahleh und Rehleh hatten so ein Exemplar noch nie gesehen und staunten nicht schlecht, als die beiden auf der Seebühne einen afrikanischen Tango aufs Parkett legten. Mit feuchtem Knie schob er sie im Wiegeschritt über die glatte Tanzfläche. Doch im Mittelpunkt stand natürlich Dragobert, der inzwischen von Fridolin das Feuerspucken gelernt hatte. Zum Staunen der Gäste spuckte er für sein Alter schon sehr weit, und wie erwartet, hatte heute sein Vater den Feuerspuckwettbewerb gewonnen, doch es war nur noch eine Frage der Zeit, bis sein Sohn den ersten Platz belegen würde. Ein echter Pfefferkorn eben!

Eine andere Disziplin war das Wasserspucken, eine Spezialität der Löschdrachen. Zuerst füllten sie ihren Wasserbauch im See, um sich dann sportlich in der Reichweite ihres Wasserstrahls zu messen. Dabei ging es nicht wirklich um den Sieg, sondern viel mehr um die ausgelassene Wasserschlacht bei der Siegerehrung, an der sich alle Löschdrachen mit großer Leidenschaft beteiligten. Dieses Mal war es Florian der Oberlöschdrache, der als Sieger stolz vom Podest herunterblickte. Seine Kameraden hatten im See noch einmal gründlich nachgetankt und nun konnte die wilde Wasserschlacht beginnen. Die Drachenband stimmte die Siegeshymne an und bald setzten von allen Seiten regelrechte Sturzbäche ein, die sich zunächst ausschließlich auf Florian richteten. Florian hatte alle Mühe, sich in Siegerpose auf dem Podest zu halten und genoss jeden einzelnen Wassertropfen, doch es dauerte natürlich nicht lange, da duschten sich die Löschkameraden gegenseitig so lange, bis ihre großen Wasserbäuche nur noch schlaff herunter hingen. Nun waren sie richtig durstig geworden und prosteten sich gegenseitig zu, denn Löschdrachen löschten eben nicht nur Feuer, sondern auch gerne den allseits gegenwärtigen Durst.

Doch in den Wäldern, nahe dem Drachenbadesee, ging es weniger sportlich zu. Brutalus hatte in einem strengen Verfahren vier Bitterböse ausgewählt. Ihre Aufgabe war es, einen großen schweren Eisenkäfig zu tragen. Unter der Last stöhnten und fluchten sie vor sich hin, während Brutalus die Meute mit betont bösen Worten bis aufs Klapperschlangengift in ihren Adern motivierte. Schon als sie aufgebrochen waren, gab es heftig Streit, denn ein Mitglied der missratenen Truppe hatte sich versehentlich für etwas bedankt. Für einen echten Bösen eine Todsünde. Hart aber gerecht, drohte ihm Brutalus von Grausam die Wasserstrafe an, denn mit dem verhassten Wasser von aller Bosheit gereinigt zu werden, war die absolute Höchststrafe. Als der Versager fluchend alle Kollegen bespuckte und flehend „Böserung" gelobte, wurde er zunächst noch einmal verschont.

Immerhin hatte er seinen bösen Willen gezeigt, doch diese Entscheidung hatte für Brutalus ausschließlich praktische Gründe, denn ein Böser in seiner Rangstufe, würde sich bestimmt nicht dazu herunterlassen, einen großen, schweren Eisenkäfig durch den Wald zu schleppen. Zweifellos war er der Überzeugung, das Buch der Liebe zerstört zu haben, doch dass dieses Buch sicher bei Sueleh aufbewahrt war und er eine wertlose Attrappe verbrannt hatte, kam ihm nicht in den Sinn. Aber die Panne mit der „Ollen Drachenkuh" konnte er sich jedoch nicht verzeihen. Sein bösartiges Hirn verlangte eine bitterböse Tat, und da bot sich der kleine Dragobert bestens an. Nein, töten wäre zu einfach gewesen. Eine Entführung im Trubel des Festes wäre doch viel aufregender. Erst einmal in den Käfig mit ihm, und dann abhauen. Weit weg, an einem ungestörten Ort, würde er ihn höchstpersönlich zum allerersten, bösen Drachen erziehen. „Wenn die Drachen glaubten, sie könnten sich mit den Menschen zusammentun und Schulen der Liebe eröffnen, dann werde ich die erste Schule für böse Drachen gründen, und dieser kleine gelehrige Drache wird mein erster Schüler sein," murmelte er gebetsmühlenartig vor sich hin, und ein finsteres Grinsen huschte über sein verwegenes Warzengesicht.

Fridolin und Lilly gingen Hand in Hand zum See hinunter. Am Rande des Sees erhoben sich die mächtigen Berge des Schwarzen Waldes. Wie ein Gemälde spiegelten sie sich im glasklaren Wasser. Aus einem entfremdeten Paar waren stolze Eltern geworden, doch nicht nur das. Durch die Ereignisse in den letzten Monaten hatte ihre Liebe eine gewisse Reife erfahren. Fridolin musste jedoch erst lernen, damit umzugehen. „Wer war dieser

Siegfried von Seitensprung, der es wagte meine arglose Frau zu verführen? Wie ein Blitz, soll ihn mein Feuerstrahl an einer sehr empfindlichen Stelle treffen," fluchte er oft leise. Nein, Lilly machte er keine Vorwürfe, vielmehr sich selbst, hatte er doch ihre Liebe in den letzten Jahren einfach ignoriert, und sich stattdessen mit Bier zugeschüttet. So gerne hätte Fridolin doch einen eigenen Sohn gehabt! Er war eben nicht der leibliche Vater von Dragobert, eine Tatsache, die ihm schwer zu schaffen machte. Lilly zu verzeihen, fiel ihm nicht schwer, als er weinend in ihren Armen lag. Zu überwältigt war er von den vielen Dingen, die sich ereignet hatten. Sich selbst zu verzeihen, im täglichen Leben damit umzugehen, verlangte von ihm eine neue Sicht. „Was geschehen war, ist Vergangenheit," sagte er sich immer wieder, wenn ihn trübe Gedanken quälten. Im Buch der Liebe stand geschrieben, dass eine höhere Macht die Schicksale der Drachen lenken würde, dass es gut sei, darauf zu vertrauen und mit offenem Herzen durch die Welt zu gehen. Hier hatte das Universum wahrhaftig ganze Arbeit geleistet, denn dieser kleine Drachenjunge hatte Fridolin und Lilly wieder zusammengebracht, ihre Herzen wieder weit füreinander geöffnet. Was für ein Geschenk, denn über allem stand die Liebe, und diesen kleinen Drachenjungen liebten sie mehr als ihr Leben. Ein Wunder auf kleinen Umwegen war geschehen.

Rahleh und Rehleh waren kurz zum See gegangen, um sich ein wenig zu erfrischen. Den kleinen Drago ließen sie so lange im Sandkasten zurück. Er liebte es, Drachenhöhlen zu graben, und gleichzeitig hatte er von dort aus einen guten Bick auf die Seebühne. Dort tanzten nämlich noch immer Jurassica und ihr neuer Liebhaber, der auf den Namen Rubanza hörte, ein fremdartiger Name. Sueleh hatte den Kindern erklärt, dass Rubanza afrikanisch sei und soviel wie „Mutig" bedeutete. Aufmerksam hatten sie ihren Geschichten über den mutigen, afrikanischen Buschdrachen gelauscht. Kein Wunder, dass seine Augen förmlich an ihm klebten. Jurassica und ihr neuer Schwarm hatten sich beim Tanzen heiß geküsst. Nachdem sie ihm etwas ins Ohr flüsterte, sah man das heiß verliebte Paar turtelnd in den nahen Wald entschwinden. Dragobert war das natürlich nicht entgangen, und so hüpfte er unbehelligt aus dem Sandkasten und schlich ihnen neugierig nach. Natürlich musste er ein wenig Abstand halten, um nicht entdeckt zu werden, doch als der Wald immer dichter wurde, konnte er die Verliebten nur noch kichern hören, aber nicht mehr sehen. Erschrocken bemerkte er, dass sich die Stimmen immer weiter entfernten, und plötzlich hörte er nur noch das Zwitschern der Vögel. Er hatte völlig die Orientierung verloren. Mit Tränen in seinen Knopfaugen setzte er sich müde auf einen Baumstumpf und war das erste Mal in seinem Leben richtig verzweifelt. Unsicher blickte er in alle Richtungen. „Mama,…Sueleh…wo seid ihr?" rief er verängstigt, doch niemand antwortete. In weiter Ferne entdeckte er eine Lichtung. Ohne lange zu überlegen, machte sich Dragobert voller Hoffnung auf den Weg, und als er der Lichtung näher kam, sah er einige merkwürdige Gestalten, die ein Gestell aus Eisenstangen trugen. Einer von ihnen brüllte fremdartige Worte und hüpfte dabei wie ein Kobold umher. In seiner Verzweiflung näherte er sich den merkwürdigen Wesen, und sein empfindliches Näslein vernahm einen seltsamen Geruch. „Offensichtlich kennen diese ungewaschenen Wesen den Weg," dachte er sich und steuerte direkt auf sie zu. Der hüpfende Kobold mit den grünen Adern bemerkte ihn zuerst und blieb wie angewurzelt stehen. „Ja wen haben wir denn da, ein prächtiges Drachenkind, allein im Walde," zischte es betont freundlich durch seine furchterregende Zahnlücke. Noch bevor Dragobert etwas sagen konnte, packten ihn die vier Bitterbösen an Armen und Beinen und sperrten ihn kurzerhand in den Eisenkäfig. Triumphierend hüpften sie um den Käfig herum und gaben sich gegenseitig vor Freude schallende Ohrfeigen. Der kleine Dragobert blickte erschrocken aus dem Käfig und verstand die, sonst so wohlbehütete, Drachenwelt nicht mehr.

Im Schutz von Bäumen und Büschen flogen ungeniert die ersten Kleidungsstücke. Rubanza trommelte mit seinen Fäusten auf die dunkelhäutige Brust und schmetterte in akzentfreiem Swahili ein herzzerreißendes, afrikanisches Liebeslied. Wild und verführerisch kreisten dazu seine Hüften im Rhythmus. Jurassica deutete dies als Fruchtbarkeitstanz und warf unauffällig eine Antidrachenbabypille ein. Dann machte sie es sich im weichen Moos bequem und klatschte verzückt in ihre beringten Hände. Dabei rasselten ihre Perlenketten im Takt und sorgten für stimmungsvolle Percussion. „Dieser temperamentvolle, afrikanische Womanizer passt perfekt in mein Beuteschema," stöhnte sie erregt.

Doch plötzlich verstummte der afrikanische Buschdrache und verzog angewidert sein Gesicht. „Rubanza riechen Luft schlechte," stammelte er nervös. Jurassica war etwas verstört, denn Körperpflege stand bei ihr ja an höchster Stelle. Hatte etwa ihr teures Deo versagt? Doch der athletische Drache beachtete sie in keiner Weise. Noch bevor sich seine Freundin rechtfertigen konnte, verschwand er mit einem Satz im Dickicht. Zu Hause war er der Herr des Urwaldes, und diesen Streichholzgarten hatte er bisher nicht als unsicheren Ort, sondern eher als Liebeslaube betrachtet. Sein untrüglicher Instinkt sagte ihm nun jedoch, dass eine große Gefahr lauerte. Als afrikanischer Fremdenlegionär, hatte er so manche bedrohliche Situation im letzten Moment für sich entschieden, so verfolgte er zielstrebig, mit der Eleganz eines schwarzen Panters, die übel riechende Spur. War es doch am Anfang nur ein übler Hauch gewesen, so kam der bestialische Geruch nun immer näher. Plötzlich hielt er inne und legte sich in der Manier eines Jägers auf die Pirsch. Unweit, auf einer Lichtung, entdeckte er fünf verwahrloste Gestalten, die um einen großen Käfig herumtobten. Auf dem Bauch robbte er lautlos näher.

Offensichtlich herrschte alles andere als Einigkeit, denn da wurde gedroht, geschubst und auch geschlagen. Als er im Käfig einen kleinen Drachen entdeckte und dann noch den Namen Dragobert aufschnappte, bedurfte es keinen weiteren Erklärungen. Er selbst war der Älteste von 17 Geschwistern, und wenn es um das Leben von Kindern ging, war er schlichtweg zu allem bereit. Als erfahrener Kämpfer besann er sich jedoch, brachte sich, so wie er gekommen war, aus der Gefahrenzone und eilte zurück zu Jurassica. Als er schnaubend aus dem Dickicht auf sie zustürmte, hatte sie sich inzwischen von Kopf bis Fuß neu eingesprüht und winkte ihm huldvoll zu. „Dragobert-mitnehmen-sehr-böse," brüllte er sie aufgebracht an.

In einem bunten Kauderwelsch zwischen seiner afrikanischen Muttersprache und der hiesigen Landessprache versuchte er Jurassica händeringend klar zu machen, was er gerade beobachtet hatte. Erstaunlicherweise verstand sie dieses Mal sofort. Halb bekleidet jagten die beiden durch den Wald, direkt zum Drachenbadesee. Atemlos dort angekommen, war es Florian der Oberlöschdrache, der ihren Weg kreuzte. „Na ihr seid ja ein feuriges Paar, haben euch die Affen im Wald die Kleider gestohlen?" amüsierte er sich beim Anblick der halbnackten Liebenden. Jurassica machte ihm in kurzen Worten klar, was sich hier gerade im Wald abspielte. Sein Gesicht wurde kreideweiß und sein weinseliges Lachen wechselte schlagartig in einen Blick aus Mut und kompromissloser Entschlossenheit. „Wir brauchen sofort einen Einsatzplan!" brüllte er in schneidigem Ton und ließ seine Löschdrachen augenblicklich in Reih und Drachenglied antreten. Inzwischen waren Lilly, Sueleh und Fridolin dazu gekommen und nahmen fassungslos die schreckliche Nachricht entgegen. Mit dem Befehl: „Wasser fassen," scheuchte er die Löschdrachen zum Seeufer. Wie eine Herde wild gewordener Elefanten donnerten sie das steile Ufer hinunter, stürzten sich in die Fluten und tauchten tief auf den Seegrund. Dort öffneten sie weit ihren Rachen und ließen ihre Wasserbäuche randvoll laufen. Große Luftblasen blubberten aus der Tiefe an die Oberfläche und sorgten für ein gespenstisches Bild. Fridolin wurde in das Haus befohlen, um eine besonders große Ration roter Pfefferkörner einzunehmen. Sueleh und Lilly verteilten die Atemschutzmasken an die Einsatzkräfte. Nur Rubanza ging leer aus. Ihm oblag die Aufgabe, die Drachen sicher an den Ort der Entführung zu leiten, und eine Atemmaske hätte seinen Spürsinn zu sehr beeinträchtigt. Alleine der Gedanke, seine feine Spürnase mit solch üblen Gerüchen zu belasten, ließ ihn jetzt schon heftig Luft schnappen. Bereits nach fünf Minuten war die Einsatztruppe, unter der Leitung von Florian dem Löschdrachen, bereit zum ausrücken. Für einen ausgiebigen Abschied von Lilly und Sueleh blieb Fridolin keine Zeit. Sie umarmten sich kurz und nur ein flüchtiger Blick in Lillys Augen genügte, um zu spüren, welchen großen Schmerz sie als Mutter des kleinen

Drachenjungen empfand. Angeführt vom afrikanischen Spürdrachen Rubanza, kämpften sie sich durch den dichten Drachenwald. Für die Löschdrachen, mit ihren randvoll gefüllten Wasserbäuchen und Atemmasken, eine echte Plage. Recht schnell hatte der Spürdrache die Fährte aufgenommen. Nahe der Lichtung sammelten sie sich zu einer letzten Lagebesprechung. Der Oberlöschdrache Florian wies in strengem Ton nochmals auf die Regeln hin: „Wie ihr alle wisst, verbietet das Buch der Liebe jegliche Art von Gewaltanwendung. Ich erwarte, dass ihr euch kompromisslos daran haltet." Mit einem flüsternden „Jawohl, Herr Oberlöschdrache Florian," begaben sich die Löschdrachen in Kampfstellung. Nur Rubanza wirke etwas verloren. Irgendwie war das nicht sein Ding. Als kampferprobter Legionärsdrachen bedeutete Kampf gleich überleben oder sterben. „Wo seine hingerate ich da bine?" fragte er sich verwundert. Noch immer stritten sich die Bösen lautstark. Brutalus fuchtelte wie ein Irrer mit seinen schwarzen Fingernägeln umher und bedrohte seine bitterbösen Untergebenen. Dragobert hockte regungslos in seinem Käfig und harrte der Dinge. Plötzlich stürmten von allen Seiten kampferprobte Löschdrachen auf die Lichtung zu.

Mit dem Kommando „Wasser Spuck" wurden die Bösen durch reißende Fluten zu Boden gerissen. Beim nächsten Kommando ertönte es „Feuer Strahl" und Fridolin entfachte mit einem dumpfen Donner sein Drachenfeuer. Auf das Kommando von Florian setzen nun die Löschdrachen erneut mit ein. Heiße zischende Dampfwolken schlugen den Bösen erbarmungslos entgegen, und sie spürten, wie sich bereits die ersten Stinkwarzen zu lösen begannen. Rubanza hatte sich etwas weiter weg platziert, um seine sensible Nase zu schonen und verfolgte alles ganz genau. Besonders beeindruckt war er von der Strategie und Disziplin, mit der die Löschdrachen ans Werk gingen. Einen Kampf dieser Art hatte er in seiner langen Laufbahn noch nicht erlebt. Verzweifelt versuchten die Bösen zu entkommen, doch immer, wenn sie glaubten, eine Lücke gefunden zu haben, wurden sie mit Heißdampf und Wasser zurück auf die Mitte der Lichtung getrieben. Nicht so der durchtriebene Brutalus. Er wälzte sich so geschickt im Schlamm, bis er die braune Farbe der lehmigen Erde angenommen hatte. Dann robbte er ganz langsam zur Seite und schlüpfte, im Schutz des Dampfes, blitzschnell zwischen Florians Beinen hindurch. In großen Sätzen brachte er sich zitternd in Sicherheit.

Lilly war keinesfalls damit einverstanden, zu Hause zu bleiben und alles den Männern zu überlassen. Mit etwas Abstand, war sie der Einsatztruppe gefolgt. Unglücklicherweise lief sie dem flüchtenden Brutalus direkt in die Arme. „Schon wieder diese „Olle Drachenkuh," tobte er entrüstet. Flehend kniete sie sich vor ihm nieder: „ Bitte, töte mich und verschone mein Drachenkind," bettelte sie ihn an. Augenblicklich packte ihn sein krankhaftes Jagdfieber. „Endlich ein richtiger Zweikampf, wie ich es

mir immer in meinen bösen Träumen vorgestellt hatte,"
schrie er und sabberte dabei auf den Waldboden. Schon
hatte er seine schwarzen Fingernägel nach ihr ausge-
streckt, da ergriff Lilly unerwartet die Flucht. Blind vor
Rache setzte er ihr nach. Immer, wenn Brutalus ganz
nahe bei ihr war, gelang es Lilly ihn im letzen Moment
wieder abzuhängen. Sie merkte jedoch bereits, wie ihre
Kräfte immer mehr nachließen. Wie lange konnte sie
das noch durchhalten?

Fridolin bahnte sich entschlossen den Weg zum Käfig,
wobei er gewissenhaft darauf achtete, dass sein Drachenfeuer ordentlich für Dampf sorgte. Mit einem gezielten
Feuerstoß verflüssigte er das Vorhängeschloss, öffnete
die Tür und ein kleiner, verstörter Drachenjunge landete
in seinen Armen. Inzwischen hatten die Löschdrachen
ihren Kreis enger geschlossen. Die Bösen waren nun im
wahrsten Sinne des Wortes umzingelt. Hilflos wälzten
sie sich im Schlamm einer riesigen, dampfenden Pfüt-
ze. Auf den Befehl "Einsperren zur Hauptwäsche Voll-
waschgang," wurden sie kurzerhand in den eigenen Käfig
gesperrt. Florian brachte ein neues Schloss an, und nun
ging das ganze Spiel von vorne los. Die Löschdrachen
richteten nun ihren Wasserstrahl durch die Gitterstäbe,
und Fridolin sorgte mit seinem Drachenfeuer für heißen
Dampf. Dragobert durfte dabei auf seinem Arm bleiben
und war stolz, einen Feuerdrachen als Vater zu haben.
Auf den Befehl „Trocknen" entfachte Fridolin abermals
sein Feuer, und die Löschdrachen wedelten nun mit ih-

ren Flügeln heiße Luft durch die Gitterstäbe. Aus dem Käfig ertönten plötzlich ganz andere Töne. Fröhlich singend lagen sich lustige Kobolde in den Armen. Ihre Haut hatte eine frische, rosige Farbe und ihre Gesichter strahlten vor Freundlichkeit. Fridolin entriegelte das Schloss und öffnete ihnen die Tür. Selbstverständlich halfen sie sich gegenseitig beim Ausstieg. Sie begrüßten die Drachen herzlich und bedankten sich in den höchsten Tönen für die besonders gründliche Reinigung von allem Bösen.

Brutalus folgte Lilly zu den Drachenquellen von Tururmangur. Bereit, sich ihrem unausweichlichen Schicksal hinzugeben, ließ sie sich, dem Ende nahe, erschöpft vor dem brodelnden Quellenpool fallen. Schon näherte sich Brutalus hechelnd. Fürchterlich grinsend baute er sich vor ihr auf. Lilly konnte nun ganz genau erkennen, wie das Klapperschlangengift unruhig in seinen Adern hämmerte, und sein widerlicher Gestank raubte ihr den Atem. „Das Böse wird die Welt beherrschen,“ zischte er sie triumphierend an. „Deshalb habe ich mir vorgenommen, jeden Tag eine böse Tat zu vollbringen und mit dir, du alter Funkelsteindrachen, werde ich anfangen.“ Lilly zuckte entsetzt zusammen und starrte, wie gelähmt, in seine vorstehenden, blutrotunterlaufenden Augen. Blind vor Hass griff er nach einem schweren Felsbrocken, hob ihn ächzend an und schmetterte ihn mit voller Wucht auf die schutzlose Lilly nieder. Im selben Moment spürte er völlig unerwartet von hinten einen starken Ruck.

In hohem Bogen flog er in den brühend heißen Quellenpool. Das sonst so klare Wasser, färbte sich sofort braun ein, und gellende Schreie übertönten das Blubbern aus der Tiefe. In letzter Sekunde hatten es Sueleh und Jurassica gerade noch geschafft, ihre Freundin Lilly vor dem sicheren Tod zu retten. Sie halfen ihr erst einmal, sich aufzurichten. Glücklicherweise war sie nur leicht verletzt. Nach einer kurzen, innigen Umarmung konnte sich das unschlagbare Trio nun ganz ihrem kleinen Bösewicht widmen. Sie verteilten sich gleichmäßig um die runde Öffnung im Felsenboden und achteten sorgfältig darauf, dass er auch recht gründlich gereinigt wurde. Verzweifelt versuchte Brutalus, wieder zu entkommen, doch dieses Mal hatte er denkbar schlechte Karten. Genüsslich ließen sie ihn so lange planschen, bis sich die allerletzte Spur von Bösartigkeit gelöst hatte.

Fridolin zählte sicherheitshalber noch einmal nach und war etwas irritiert. „Ich bin mir sicher, es waren fünf gewesen," sagte er mit kleinlauter Stimme. Ein Böser musste im Eifer des Gefechtes entkommen sein. Die lieben Kobolde nickten zustimmend: „ Ja, er hat recht, der böse Brutalus hat sich wohl davon geschlichen und wir haben ihn noch gar nicht vermisst," erklang es vergnügt im Chor. Somit war ihr Einsatz leider nur bedingt erfolgreich gewesen. Ausgerechnet der Schlimmste von allen konnte entkommen. Die Löschdrachen schauten sich deprimiert an. Wie konnte das nur geschehen? Irgendwie fand keiner die richtigen Worte. Florian bemühte sich redlich, seine tapferen Löschdrachen zu trösten: „Ihr habt gute Arbeit geleistet, und wir werden mit vereinten Kräften so lange nach Brutalus suchen, bis wir ihn aufgespürt haben." Das war zugleich eine Ansage an Rubanza, der gerade nicht ganz bei der Sache war. Sein Testosteron-Pegel hatte soeben Höchstniveau erreicht, was seine Wahrnehmung im Moment gehörig vernebelte. Dafür wurden die Nähte seines Kampfanzuges auf eine gewaltige Belastungsprobe gestellt. Jurassica war das Schärfste, was ihm je begegnet war, und seine Gedanken kreisten um sie wie ein ganzes Bienenvolk. Als sie so verloren da standen, ertönte aus dem Wald plötzlich eine glockenhelle Stimme: „Hallo Freunde, ich kann euch gar nicht sagen wie glücklich ich bin. Lasst uns endlich Gutes tun und überall darüber reden," tönte es. Als sie um sich blickten, kamen Lilly, Sueleh und Jurassica in charmanter Begleitung direkt auf sie zu. Die Einsatztruppe traute Ihren Augen nicht. Sie hatten einen ganz besonders lustigen Kobold mitgebracht, der singend und tanzend auf sie zu hüpfte. Als Dragobert seine heiß geliebte Mutter erkannte, sprang er seinem erschöpften Vater vom Arm. Lilly konnte es vor Freude kaum fassen. Die beiden stürmten, wild vor Glück, aufeinander zu. Freudentränen verschleierten ihre Sicht, doch sie hätten sich auch mit geschlossenen Augen gefunden. Endlich wieder vereint, nahm sie ihn ganz nah an ihr großes Drachenherz. Der kleine Ausreißer war wieder in Sicherheit. Sueleh war inzwischen auch gekommen. Es blieb ihr keine Zeit, um die Frage nach einem feuchten Drachenkuss zu stellen. Dragobert war schneller. Blitzschnell war er bei ihr und verpasste ihr, mit viel Gefühl, einen dicken Drachenkuss. Die Einsatzkräfte spendeten tosend Beifall, und auch die lieben Kobolde stimmten eifrig mit ein. Die Löschdrachen waren erleichtert und klopften sich kameradschaftlich auf die Drachenflossen. Der Oberlöschdrache Florian dankte den mutigen Einsatzkräften in einer kurzen, aber sehr leidenschaftlichen Rede. Ein ganz besonderes Lob ging an Lilly, Sueleh und Jurassica, die es tatsächlich geschafft hatten, den durchtriebenen Brutalus auf gewaltfreie Weise zu besiegen. Dann richtete er sich an Rubanza: „Ich muss schon sagen, von Ihren einzigartigen Fähigkeiten als Spürdrache bin ich zutiefst beeindruckt. Sie waren am richtigen Zeitpunkt, am richtigen Ort!" Rubanza grinste ein wenig in sich hinein und wartete jetzt nur noch auf die Frage, was ein Spürdrache mit einer rassigen Drachendame im Wald sucht. Spontan würde ihm da nur Drachenbeeren pflücken einfallen. Dann überreichte ihm Florian an Ort und Stelle den Löschdrachenorden in Gold und wünschte ihm auch für die Zukunft immer den richtigen Riecher zu haben. Die Kameraden nahmen ihn in die Mitte und beglückwünschten ihn zu seiner ganz besonderen Leistung. Nun kamen die lieben Kobolde und bedankten sich bei jedem nochmals einzeln, dass sie von allem Bösen gereinigt wurden. Jurassica war richtig stolz auf ihren Spürdrachen, Rubanza nahm seinen goldenen Orden und schmückte damit ihr offenherziges Dekolleté. Sie hatte eben einen besonders ausgefallenen Geschmack, und Rubanza wusste sehr gut, damit umzugehen. Leise schlichen sie sich davon, und nur die Vögel lauschten nun endlich seinem herzzerreißenden, afrikanischen Liebeslied in akzentfreiem Swahili, dieses Mal in voller Länge.

Es dämmerte bereits, als die erfolgreiche Einsatztruppe, mit den Lieben vereint, am Drachenbadesee eintraf. Inzwischen hatte sich die gute Nachricht wie ein Lauffeuer verbreitet. Viele Drachen und Menschen waren mit, edlen Weinen und leckeren Speisen beladen, herbei geeilt, um spontan das Drachenfest der Liebe zu feiern. Natürlich war dies auch nicht der „Drachenbild" entgangen, die mit einem Reporterteam live von diesem spektakulären Ereignis berichtete. War es doch gelungen, das Böse völlig gewaltfrei zu bekämpfen. Eine Sensation, die neue Hoffnung in allen Herzen weckte. Florian stellte sich geduldig den neugierigen Fragen der Reporter und wurde nicht müde, seiner tapferen Mannschaft, Sueleh, Lilly, Fridolin, Rubanza und Jurassica, zu danken. Sueleh nutze geschickt die Gelegenheit, um über die Erfolge ihrer Drachen-Menschenschule zu berichten. Genau der richtige Moment, denn die Schule in der Drachenpfalz stand nächste Woche vor ihrer feierlichen Eröffnung. Die Reporter umringten sie geradezu und hingen gierig an ihren Lippen. Ein großes Feuer wurde entfacht, und die Drachenband groovte bis in den frühen Morgen. Das Tanzfieber war ausgebrochen, und in diesem bunten Getümmel gelang es schwer, überhaupt noch Drachen und Menschen zu unterscheiden. Jurassica und Rubanza gaben zur Feier des Tages ihre Verlobung bekannt. Die zwei sollten noch viel Spaß miteinander haben.

Die Löschdrachen saßen gemeinsam am Feuer, stillten ihren gewaltigen Durst und genossen die leckeren Speisen. Dabei erzählten sie sich allerlei Löschdrachenanekdoten und hielten sich lachend die schlaffen Wasserbäuche. Rahleh und Rehleh lauschten gebannt den Schilderungen des heutigen Tages durch Sueleh. Dragobert lag dabei unter seiner kuscheligen Drachendecke und hörte aufmerksam zu. Auch wenn er viele Dinge noch nicht so richtig verstanden hatte, so wurde ihm doch klar, dass spontane Alleingänge nicht immer erstrebenswert waren.

DAS GEHEIMNIS DER KOBOLDE

Die lieben Kobolde waren natürlich die Attraktion des Abends. Mit ihren kurzen Beinen flitzten sie unermüdlich umher und bedienten die Gäste sehr zuvorkommend. Sie stellten sich voller Hingabe ganz in den Dienst der Drachen und Menschen, waren sie es doch selbst, die einst die goldenen Regeln für ewige Liebe und Glück im Buch der Liebe gehütet hatten. Schon damals drohte das Böse, die Welt zu regieren. Sie alleine waren es, auf die das Universum alle Hoffnung gerichtet hatte, doch leider hatten sie damals das Vertrauen schändlich missbraucht, denn sie legten die Regeln nur zu ihrem ganz persönlichen Vorteil aus. Rücksichtslos bereicherten sie sich auf Kosten anderer Lebewesen, und so verwandelten sie sich mit der Zeit zu unglücklichen, erbärmlichen Kreaturen, die sich immer mehr dem Bösen verschworen. Eine Erlösung konnte nur über die Macht der Liebe erfolgen, der sie sich mit allen Mitteln widersetzten. Das Universum hatte, in seiner allerletzten Hoffnung auf eine bessere Welt, nun auf die starken Drachen gesetzt. Ihnen wurde auf geheimnisvolle Weise das Buch der Liebe anvertraut. „Eine wahrhaft kluge Entscheidung!"

RABIATA VON BEINHAAR UND
MORDFRIED VON ZWIETRACHT

*N*atürlich blieb die spektakuläre Befreiung von Dragobert nicht ohne Konsequenzen. Mordfried von Zwietracht ließ sofort den Rat der „bösen Mächte" einberufen. Schnell waren sich alle einig, wer die Schuld an der Misere hatte. „Her mit der Beinhaarigen," brüllten sie im Chor, bis auf eine Ausnahme. Mordfried stimmte nur sehr verhalten mit ein, war sie doch das Ziel seiner heimlichen Begierde. Sein Verlangen nach dieser widerwärtigen Schlampe, mit verfilzten Locken und wild wucherndem Beinhaar, war grenzenlos. Nachts erschien sie ihm in seinen stockfinsteren Träumen, und wenn er am Morgen schweißgebadet erwachte, fiel er in eine abgrundtiefe Depression. „Ich, der mächtige Mordfried von Zwietracht, bin doch der schlechteste Liebhaber im ganzen Land, die bösen Weiber liegen mir reihenweise zu Füßen, warum Rabiata nicht?" fragte er sich verstört. „Es geht um mein Ansehen, es geht um meine Ehre," zischte er dann giftig, sprang auf und übte vor seinem halbblinden Spiegel stundenlang den bitterbösen Blick. Danach nahm er allen Mut zusammen, näherte sich ihr siegessicher, doch wie so oft, ließ sie ihn einfach grinsend abblitzen. Sein Selbstwertgefühl war inzwischen auf dem Tiefpunkt, und doch war da immer noch kleiner Funken Hoffnung, dass sie ihn eines Tages genau so schlecht wie einst Brutalus behandeln würde. In seiner Verzweiflung schmiedete Mordfried einen geheimen Plan, den er die „Heldentat" nannte. Sein niederträchtiges Volk unterschätzte ihn, denn rein äußerlich wirkte er eher vertrottelt und senil, saß geistesabwesend, die rostige Krone auf dem Kopf, auf seinem morschen Thron und grunzte widerlich in sich hinein. In Wirklichkeit war Mordfried jedoch ein kluger Stratege, der meisterhaft Intrigen heraufbeschwor, um seine Macht zu festigen und weiter auszubauen. Geschickt spielte er seine Feinde gegeneinander aus, und so eliminierten sie sich in der Regel gegenseitig, während er mit triefenden

Augen doof in die Menge glotzte. Ganz bewusst hatte der durchtriebene Oberböse so nebenbei Rabiata ins Gespräch gebracht; die Meute hatte sofort verstanden. Zwei einäugige Saaldienerdiener zerrten Rabiata in den Raum, die sich mit Bissen wehrte, was die Stimmung anheizte. „Sie trägt die alleinige Schuld, weil sie Brutalus mit Zärtlichkeit bestraft hat," rief ein Warzenkobold mit geflecktem Hyänengesicht. Tatsächlich waren die bösen Kobolde der Meinung, dass die angedrohte Zärtlichkeit zum Versagen von Brutalus geführt hatte. „Sie hat kein Recht, länger den Bösen anzugehören, deshalb fordern wir die Wasserstrafe," kreischten sie. Rabiata stand verbittert da und traute ihren schmalzigen Ohren nicht. „Was seid ihr nur für eine undankbare Sippe, dass ihr mir solche absurden Dinge unterstellt," fauchte sie, und ein übel riechender Luftzug durchflutete wellenförmig den stickigen Raum. Mordfried inhalierte genüsslich und wünschte sich nichts mehr, als den Rest seines Lebens an ihrer Seite zu leiden. Doch all diese Träume sollten nur Träume bleiben, denn schon füllten die Einäugigen eine große Wanne mit glasklarem, heißen Wasser. Als man die Widerborstige zur Wanne führte, spuckte sie ihren Vollstreckern ins Gesicht, was die Ratsmitglieder mit einem lauten „Bravo" quittierten. Mordfried stockte der Atem, dicke braune Schweißperlen bahnten sich den Weg über seine zerfurchte Stirn, sammelten sich an seiner angefressenen Nasespitze, um dann, Perle für Perle, abzutropfen.

Nein, er konnte das nicht länger mit ansehen, wie seine Traumfrau so unrühmlich enden sollte. Zeit für die Heldentat! „Nun werde ich sie in letzter Sekunde retten und aus Dankbarkeit wird sie mir jeden bösen Wunsch erfüllen," griente er in sich hinein. „Verschont sie, denn sie ist die Frau meiner bösartigen Träume," flehte er den Rat an und warf sich dabei auf die Knie. Eine kleine schauspielerische Meisterleistung, die er perfekt beherrschte, hatte er doch vorher unermüdlich vor dem Spiegel geübt. Augenblicklich herrschte betretene Stille im Raum. Um die Dramatik weiter zu steigern, sprang der Oberböse nun unerwartet auf, breitete seine knochigen Arme aus und schrie aus voller Kehle: „Rabiata ich hasse dich mehr als mein Leben." Als Rabiata ebenfalls ihre Arme öffnete, so dass er ihr buschiges Achselhaar deutlich erkennen konnte und ihm einen verkniffenen, bitterbösen Blick zuwarf, war er nicht mehr zu halten. Wie von Sinnen eilte er ihr entgegen. Schon war sie zum Greifen nahe, da wich die Angebetete blitzschnell zur Seite, riss ihm die rostige Krone vom Kopf, und stellte ihm unauffällig ein Bein. Statt in ihren Armen, landete der unglückliche Verehrer klatschend in der brodelnden Wanne. Während die schaulistige Meute dem verzweifelten Kampf ihres einstigen Anführers beiwohnte, schlich sich Rabiata unbemerkt die Treppen hinauf, platzierte sich auf Mordfrieds Thron, und setzte sich, mit einem eiskalten Blick, die rostige Krone auf. So wurde aus Mordfried nun der liebe Friedbert und Rabiata krön-

te sich selbst zur Ratsvorsitzenden der „Bösen Mächte." Während sich der liebe Friedbert leise, mit einem
charmanten Lächeln, aus dem Raum schlich, beschwor
Rabiata die Meute mit einer extrem drachenfeindlichen
Rede, die nicht ohne Wirkung bleiben sollte.

LILLY & FRIDOLIN

*F*ridolin von Pfefferkorn und Lilly von Funkelstein gingen Arm in Arm zum See hinunter. Jeden
gemeinsamen Schritt erlebten sie intensiver als je zuvor, und erfüllt von Glück und Zufriedenheit schlugen
ihre Herzen im Einklang. Am Ufer nahm er ihre kleine
Hand, und beide blickten dankbar auf den zauberhaften grünen Smaragdring, das Zeichen ewiger Liebe. In
ihren Augen spiegelten sich tausend Sterne. Die Liebe
war überwältigt von diesem ergreifenden Moment und
schickte ihnen als Gruß einen wunderbaren Duft von
frischen Blüten. Der verschwiegene Mond lächelte sie
verschmitzt an, lehnte sich zufrieden zurück und begleitete die beiden auf ihrer zauberhaften Reise durch eine
Nacht aus Liebe und Leidenschaft.

Das Universum blickte wohlwollend zu ihnen hinunter, wohl wissend, dass die Welt in Sachen Liebe noch
einen weiten Weg vor sich hatte, jedoch das erste Mal
mit dem Gefühl, auf dem richtigen Weg zu sein.

*Danke, dass ihr eure kostbare Zeit in mein „kleines Dra-
chenbuch der Liebe" investiert habt. Ein Büchlein für das
Herz und für unverkopfte Menschen, wie eine gute Bekann-
te es treffend formulierte. Womöglich könnte es sein, dass ihr
euch an der ein- oder anderen Stelle wiedererkannt habt. Ich
gebe gerne zu, dass es zumindest mir so ergangen ist, und
schon stellt sich die berechtigte Frage: Sind wir nicht auch
manchmal ein wenig wie Fridolin & Lilly, oder gar wie
Brutalus & Rabiata?*

*Es hat mir eine riesige Freude bereitet, Lilli von Funkel-
stein und Fridolin von Pfefferkorn ein Stück auf dem Weg
ihres spannenden Drachenlebens zu begleiten. Manchmal saß
ich vor meinem Computer und fühlte mich selbst ein wenig
wie ein feuerspeiender Drache. Der Feuerlöscher war natürlich immer einsatzbereit. Doch insbesondere bei den eher tra-
gischen Passagen war ich dann selbst so betroffen, dass auch
Tränen geflossen sind. Ich habe mich in dieser Zeit oft gefragt,
warum ich dieses Büchlein überhaupt schreibe, und wer mich
dazu inspiriert hat. Zu dem „Warum" habe ich noch keine
Antwort gefunden. Was alleine zählt, ist die Freude und
Hingabe, die ich dabei empfunden habe. Ein wahres Geschenk!*

*Was die Inspiration betrifft, waren es meine Söhne Jens
und Matthias, die als kleine Kinder meinen Drachenge-
schichten schutzlos ausgeliefert waren. Immer dann, wenn
es brenzlig wurde, kuschelten sie sich eng an mich, und am*

Ende der Geschichten siegte natürlich immer das Gute. Eine wunderschöne Erinnerung an vergangene Zeiten. Inzwischen sind sie fast erwachsen und selbst begeisterte Flugdrachen, worauf ich ganz besonders stolz bin. Hatten da etwa die Drago-Liner ihre Flügel im Spiel?

Ja, es gibt sie tatsächlich, Sueleh, die engagierte Pädagogin, die am Rande des Schwarzen Waldes wohnt. Vor ihrer Haustür erstreckt sich, in der Tat, der berühmte Drachenbadesee, wobei gerade in letzter Zeit auch echte Menschen gesichtet wurden. Mit ihren süßen Töchtern Rahleh und Rehleh hat sie mich auf ganz besondere Art und Weise inspiriert, dieses Büchlein zu schreiben. Doch damit noch nicht genug. Mit ihrem messerscharfen Lektorblick nahm sie mein Büchlein unter die germanistische Lupe und eröffnete mir damit einen Einblick in die mysteriösen Geheimnisse der Rechtschreibung. Danke Sueleh alias Susanne Richartz.

Bei unserer ersten Begegnung in Oberstdorf, konnte ich ja nicht ahnen, dass Anne das schönste Drachenherz der Welt für mich malen wird. Ich habe ihr damals mein Fahrrad geliehen und ein Jahr später hat sie sich sozusagen revanchiert. So trägt das Buchcover die einzigartige Handschrift von Anne Löper, von der Hochschule für Grafik und Buchkunst in Leipzig. Wir alle dürfen gespannt sein, was noch folgen wird!

Über fünfzig Freunde, aber auch völlig fremde Menschen, haben sich die Mühe gemacht, mein erstes Konzept zu lesen und auch zu bewerten. Herzlichen Dank, denn hierdurch habe ich wertvolle Hinweise bekommen, die mir bei der Überarbeitung sehr geholfen haben. Die überwältigende Resonanz aus zwei unvergesslichen Leseabenden in der Adula-Klinik in Oberstdorf, mit über hundert begeisterten Zuhörern, hat mich ermutigt, dieses Büchlein zu veröffentlichen. Vielen Dank an alle Freunde aus der Reha.

Ich könnte noch viele Menschen nennen, die mich auf wunderbare Weise inspiriert haben. Das würde jedoch absolut den Rahmen sprengen. Sie werden es mir bestimmt verzeihen.